光文社文庫

# 暗い越《えつ》流《りゅう》

若竹七《なな》海《み》



光　文　社

目次

# 蠅男

1

足を踏み出した瞬間、背後に風を感じた。

とっさにくるりと反転した。それがいけなかった。いっそのこと、自分から階段を飛び降りるべきだった。どういうわけか、わたしの場合、正しい方法に気づいたときにはたいてい手遅れなのだ。

一瞬、そいつの顔を見た。蝿男《はえおとこ》だ、と思った。

蝿男の手はわたしの胸をもろに突き、踏みとどまろうとした場所に床はなかった。後ろ向きに落ちながら、そいつの巨大な眼が光を反射してぎらりと冷たく光るのを、わたしは確かに見た、と思った……。

2

冬らしさを感じられないまま春が来て、東京駅近くのビル街には粘《ねば》つくような空気が沈《ちん》殿《でん》していた。埃《ほこり》っぽく、排気ガス臭《くさ》く、ただただ暖かいだけの都会の春の空気だ。それでもカフェやレストランの表には「春のイチゴフェア」「期間限定・タケノコごはん定食」の文字が見えた。日本人の根性は、案外、たいしたものなのかもしれない。意地でも春を楽しもうとしている。

電光掲示板が、一時間前に北関東で起きた地震の震度についてのニュースを流していた。それを横目で見ながら待ち合わせの喫茶店に滑り込んだ。メニューに躍る「春のイチゴフェア」の内容にひととおり敬意を表するとコーヒーを頼み、目印の雑誌をテーブルに置いて入口に目をやった。

わたしは葉村晶《はむらあきら》という。国籍日本、性別女、三十七歳。長谷川《はせがわ》探偵調査所と契約しているフリーの調査員、俗にいう探偵。あらゆる意味で独り身である。職場にパソコンはあるが、家では製造中止が決まったときに買い込んでおいたワープロ専用機をだましだまし使っている。誰《だれ》ともつながっていないし、ペットも飼ってない。自由といえばこのうえなく自由であり、無味乾燥な人生と言われればそのとおりだ。

もっとも探偵という職業は、ときどき、淡泊なプライベートをおぎなってあまりある面白さをわたしの人生に持ち込んでくれる。

「あ、あの、探偵の葉村晶さんですか」

わたしは座ったままうなずいて、依頼人を眺めた。いや、眺めるという言葉はあたらない。視界いっぱいに広がっていたからだ。

桜色のワンピースに白いもこもこしたケープ。白のストッキングにチューリップのようなワンストラップシューズ。ケープとおそろいのバッグにはラインストーンをちりばめたブローチ。春のマニュアルを丁寧になぞりました、といわんばかりのファッションが包んでいるのは、縦にも横にも圧倒的な迫力のある巨体だった。

作りつけのソファにおさまるのだろうかと心配になりながらも、わたしは真向かいのソファをすすめ、依頼人はかわいらしい声で「失礼します」と断ると、思いがけず上品な身のこなしで腰を下ろした。

「お電話した本宮波留《もとみやはる》です。葉村さんにお引き受けいただけたとは長谷川所長さんから聞いてたんですけど、お会いできるまでドキドキしてました」

正面から見ると、なんだかめまいがした。本宮波留は、大きな目に黒い瞳《ひとみ》、整った鼻にぷっくりとした唇の持ち主だった。ただ、スケールがものすごく狂っていて、とにかく大きい。小顔が美人の条件である現代日本では、美人とは呼ばないのかもしれないが、写真に撮って見せれば誰でも魅力的だと言うだろう。

「所長からわたしをご指名だという話は聞きました。ですがあらかじめお断りしたとおり、契約はわたし個人とではなく、長谷川探偵調査所としていただくことになります」

コーヒーとメニューが運ばれてきた。本宮波留はいちごジュースを頼み、ウエイトレスがいなくなるのを待って、真剣な顔で指を組んだ。

「それはいいんです。もう前金として三十万、お渡ししてありますし」

あの狸《たぬき》オヤジ。わたしは長谷川所長のまん丸い顔を思い浮かべた。先刻事務所に寄ったときには、そんなことはおくびにも出さず、当然わたしに支払われるべき手付け金を払おうともしなかったのだ。

「それでご依頼の内容は？」

いささか語気が荒くなったが、本宮波留は気づかなかったようだ。ぽっちゃりした頰《ほお》を軽くふるわせて、

「葉村さんに行っていただきたいところがあるんです。行って、とってきてもらいたいものがあって。あの、大切なものなんです」

探偵が巻き込まれるトラブルのなかでも、もっとも陳腐《ちんぷ》な話に発展しそうだった。なにも訊《き》かずにどこそこへあれを運べ、と頼まれる。高額な報酬につられて引き受けると、「あれ」とは誘拐の身代金であったり、麻薬だったり拳銃《けんじゅう》だったり、ろくなもんじゃないと相場が決まっている。

「念のため断っておきますが、犯罪に関係しているものでしたら……」

「犯罪？」

本宮波留の目がまん丸くなった。

「あ、違います違います。そんなんじゃないです。あの、遺骨なんです。母の」

「遺骨？」

「ええと、母は十三年前に亡くなりました。いろいろ事情がありまして、遺骨は母方の祖父が引き取りました。でも、その後、七年ほどして祖父も死んでしまいまして、いま遺骨は誰も住んでいない祖父の家に置きっぱなしになってるんです」

「つまり、六年近く骨壺《こつつぼ》に入ったまま、家のどこかにある、ということですか」

それをいまさらなぜ、探偵まで雇って引き取ろうというのか。疑問が顔に出たらしく、本宮波留は大慌てで手を振って、

「なんとか取り戻そうとしたんです。兄と一緒に祖父の家の近くの霊園にお墓も用意しましたし。でも、霊園の管理会社が倒産してしまって、霊園はブルドーザーで壊されちゃうし、次のお墓もなかなか見つからないし。しかも兄は大ケガをして入院するし、わたしの住んでいたアパートは火事で燃えちゃうし」

本宮波留は前のめりになって熱弁をふるい、わたしはどんどんのけぞっていった。ふと見ると、いちごジュースをお盆にのせたウエイトレスが、困ったように立ちつくしていた。

目で合図をすると、ウエイトレスはテーブルのわずかな隙間《すきま》に強引にお盆を置いた。本宮波留もようやく身を引き、まともな呼吸ができるようになった。

本宮波留はわたしのことなど忘れたようにストローをとりあげた。まるで、手品を見せられているかのようだった。次の瞬間には、いちごジュースはあとかたもなくグラスから消えていた。

「でも、最近、経済状態がよくなりまして」

本宮波留はなにごともなかったように紙ナプキンで口元を上品に拭《ぬぐ》って、続けた。

「おかげで部屋も見つかりましたし、新しいお墓も買えそうなんです。そうなったら不思議なもので、母が夢に出てくるようになって。ここにいるのはもうイヤだ、早く連れて帰ってくれって、泣くんです。それで、いい加減、母をひとりで廃……誰もいない家においておくのはやめたいと思いまして、こうしてお願いを」

「お金があまっていらっしゃるにしても、それくらいのことならご自分たちで行かれたほうがいいのではありませんか。お母さまも、そのほうがお喜びになるのでは」

言ってから、しまった、と思った。ただ遺骨を取りに行くだけで三十万。長谷川探偵調査所からわたしには、最低でも十五万は支払われるだろう。これといった趣味がなく、寛《かん》大《だい》な大家のいる女は、十五万あればとりあえずひと月以上、お金の心配をせずに暮らしていける。

「それがその……兄はケガが治ったとはいえまだ足が不自由ですし、わたしはこんな身体なので……」

本宮波留は口ごもり、上目づかいになった。頭の中でサイレンが鳴った。突然、本宮波留のすべてが、容姿やファッション、しゃべり方から身のこなしまで、計算尽《ず》くに見えてきたのだ。

「なので？」

「心臓が弱くて医者からも止められておりますし、遠方に出向くのはムリなんです」

「遠方とおっしゃいますと、具体的には？」

「群馬《ぐんま》県の伊香保《いかほ》温泉の近くです。高崎《たかさき》から車で小一時間といったところでしょうか。周囲にはなにもない、雑木林の中にぽつんと建っている洋館なんですが」

「お祖父《じい》さまはずいぶん寂しい場所にお住まいだったんですね」

「寂しい場所でないと疲れる、と言っていました。祖父のような体質の人間は、ひとが大勢集まる場所ではイヤな気を吸い込んでしまうそうで」

「……は？」

本宮波留はためらうように唇をなめて、またあの目つきをした。

「祖父は、左修二郎《ひだりしゅうじろう》と言いました」

「左修二郎、さん？」

「えっ、知らないんですか」

本宮波留の巨体が、ふるる、と波打った。

「あいにくと」

「そんな。祖父は有名な心霊研究家だったんですよ。著書もたくさん出してますし、いまでも祖父を慕《した》っているひとも多い。それで一年ほど前から祖父の著作が復刊されるようになって、ますますファンも増えて。実際、いまでもあの家で祖父の霊と会ったとか、話したとか、そういうことはホントに起こってるんです」

本宮波留の巨体が再びこちらに迫ってきた。逃れたい一心で、わたしはとりあえず関係のない話題を振った。

「ということは、お祖父さまの家はあなたがたが相続なさった？」

「わたしが、相続しました」

本宮波留は口をとがらせ、ソファにもたれた。おそらく著作権も相続したのだろう。経済状態が好転した、というのはつまり、そういうことなのだ。

「でもあんな僻地《へきち》にある家もらっても売れないいし、売れても安いでしょ？　ほったらかしのままにしてあったんですけど、最近、ものすごく熱心な祖父のファンがぜひ買い取りたいって、いいお値段をつけてくださったんです。兄は反対しましたけど、こんなご時世にこんないい話、逃す手はありません。で、来月一日には契約をすませることになったので、今月中に母の遺骨をとってこなくてはならなくなって」

腕時計を見た。三月三十日の午後四時すぎ。この依頼の怪しさは決定的になった。

「あー、その、なんでしたらお母さまの遺骨の件は、そのファンのどなたかに頼まれては？　実費とわずかな謝礼で引き受けてくれるひとはいるでしょう？」

本宮波留は紙ナプキンをぐしゃぐしゃにもみしだいた。

「頼んだんです。一週間くらい前に十万ほど渡して。でも、彼とはそれ以来連絡がつかなくなって、ケータイもつながらないし、だから、その……」

「その彼とはおつきあいを？」

「してた、っていうか、ひょっとしたらわたしだけがしてるつもり、だったのかも……。バカみたいですよね」

本宮波留の巨大な目に、盛大に涙がたまった。あやうく同情するところだったが、依頼人に同情してもいいことなどないのは経験上よくわかっている。わたしはすっかり冷めてしまったコーヒーをとりあげて、つとめてビジネスライクに尋ねた。

「そのお友だちの名前は？」

「あ、朝倉恭輔《あさくらきょうすけ》、さん、です」

わたしはコーヒーにむせた。

3

長谷川所長から借りたシビックの運転にも、高崎をすぎる頃には慣れてきて、快適なドライブになった。晴れた透明な空の下には、よく耕《たがや》された真っ黒な土と芽吹いたばかりの若葉色、菜の花の黄色があざやかだ。北上するごとに空気がどんどん冷たくなり、すがすがしさを増していく。榛名湖《はるなこ》の近くまで来る頃には、桜花を見ることもなくなり、そのかわりクリーム色のマグノリアが誇らしげに咲いているのを目にするようになった。宮沢《みやざわ》賢治《けんじ》は嫌いだが、マグノリアを「天に飛びたつ銀の鳩《はと》」と表現しているのはすごいと思う。

伊香保温泉街入口の駐車場に車を停め、プチホテルに併設《へいせつ》されているカフェに入った。ちょうど十時半だった。遅い朝ごはんをとることにして、下仁田《しもにた》ネギとマイタケのパスタなるものとコーヒーを頼み、ゆうべのうちにかき集めておいた資料をバッグから取り出した。本宮波留の祖父、左修二郎の著書について書かれたファンの文章のコピーもある。左修二郎は若い頃事故にあって片目を失い、その結果、見えない目で見えないものが見えるようになり、以後二つの世界の桟《かけはし》となるさまざまな研究や著書執筆を重ねたが、六年前『自ら冥界《めいかい》の扉を開き、闇《やみ》の向こうに去った』そうだ。

これ以上、読む気になれない資料だった。テーブルに置いた本を見るともなくめくりつつ、物思いにふけった。

朝倉恭輔と知り合ったのは二年前になる。彼は心霊スポットをめぐる本を企画しているライターだった。

「その心霊スポットをめぐる旅に、ぜひ探偵さんに同行していただきたいんです」

長谷川探偵調査所の応接セットで身を乗り出して力説する朝倉恭輔は、骨を見つけたばかりのラブラドール・レトリバーそっくりに見えた。

「箔《はく》つけって言ったら失礼かもしれませんが、ほら、アメリカなんかの心霊ものだと、事実確認のために捜査官が同行したりするじゃないですか。あれ、カッコイイっすよね。だもんで、警視庁に頼みに行ったら探偵にしとけと。応対してくれた柴田《しばた》さんっていう刑事さんが、こちらには悪霊《あくりよう》が束《たば》になって現れてもびくともしない女探偵がいると、紹介してくれました。――もしかして、こちらの方でしょうか」

黒目がちの垂《た》れ目がわたしをまっすぐに見た。もしかしなくても、ここに女探偵と呼べるのはわたししかいないし、柴田という性格の悪い警察官と知り合いなのも、わたしだけだ。

「どうでしょう。お引き受けいただけませんか。ひょっとして後ろ姿くらいは写真登場をお願いするかもしれませんが、名前も顔も出しません。ただ同行して、文章にご登場いただく。もちろん、アゴアシ付きです。全部で十三ヶ所。一ヶ所につき、一万円の日当をお支払いします」

隣にいた長谷川所長は話の途中からひっくり返って大笑いしていた。わたしも笑いたかった。心霊スポットに事実確認のため同行する女探偵？　悪い冗談としか思えない。五日ばかり新しい依頼がなくてヒマをもてあましていたのでなければ、断っていただろう。しかし考えてみれば、ちょっとした小旅行に同行するだけで一回一万は悪くない。結局引き受け、たいへん後悔した。

取材は富士山麓《ふじさんろく》の樹海から始まった。朝倉とカメラマン、わたしの三人は夕暮れ時に樹海に入り、幽霊と会う前に、首を吊《つ》って五日ほどたったと思われるふくれあがった死体と遭遇《そうぐう》した。このときのカメラマンは出っ腹でサンダルをつっかけ、首にタオルを巻いて、現地に到着するまで自分の心霊体験について語り続けるという人物だったが、死体を見るなり露出狂に出くわした女の子のような悲鳴をあげて逃げだし、サンダルを倒木にひっかけて転び、右脚を折った。わたしは救急隊員に白い目で見られながらカメラマンに付き添って救急車に同乗するはめになった。その後の騒動は思い出したくもない。
次に出向いたのは鎌倉《かまくら》の某トンネルだった。このときのことを朝倉は自著の中でこう記している。

『「危険です。引き返すべきです」
女探偵は断固として私に言ったが、私は首を振った。確かに強い危険を私も感じていた。だが、呪《のろ》われた霊が私たちになにかを伝えたがっているのだとすれば、それを聞いてやらなくてはなるまい。それが、彼らのテリトリーを侵《おか》した私たちのせめてもの役割ではないか。私はじりじりと前へ進んだ。と、闇の中から震えるような声が私たちに向かって話しかけてきたではないか。声は低く、まるで私たちに呪いをかけるかのように不気味にあたりに響き渡った。背後でカメラマンがばたり、と音をたてて倒れた。』

はっきり言うが、この記事で事実と符合《ふごう》しているのはカメラマンが気絶したことだけだ。彼は無精《ぶしょう》ひげにジーンズ姿、挨拶《あいさつ》をしても返事もしないくらいの寡黙《かもく》な男だった。結局、取材の最中、彼の声は一言も聞かずに終わった。

トンネルの近くに車を停め、わたし、朝倉、カメラマンの順に歩道を一列になって進んだ。予想外だったのは交通量が多く、道路工事も行われていて、イラだったドライバーの多くが歩道を歩くわたしたちに敵意をむけてきたことだ。ひき殺されそうになりながらトンネルの入口近くにたどりついたとき、暗がりの中に白いものが浮かんでいるのが見えた。白いものはふと動きを止め、ゆっくりと、すべるようにこちらに向かってきた。朝倉が後ろでぎゃっと言い、わたしは目をしばたたきながら白いものに近寄った。

「は、葉村さん。これ以上近寄ったら危ないっすよ」

朝倉はわたしのジャケットの裾《すそ》をがっちりとつかんだ。振り向くと朝倉は、尾が股《また》の間に入ってしまったラブラドール・レトリバーそっくりになっており、なぜか声をひそめていた。

「なんで？」

「なんでって、とにかくやめて、ここから離れましょう。あれ、ホンモノかもしれないっす」

「違うんじゃないかな」

「なんでわかるんっすか」

「わたし幽霊なんて見たこともないんだよ。そのわたしに見えてるってことは、なんか別のものだよ、きっと」

「なんすか、その論理。しゃれになんないっすよ」

そのとき、背後でばたりという音がしてカメラマンが倒れた。朝倉は真っ青になってカメラマンにかがみこみ、ついで盛大な悲鳴をあげた。白いものが彼の肩をたたいたのだ。

「あのう、すみません」

白いものは歩道で腰を抜かしている朝倉とわたしを交互に見ながら丁寧に言った。

「道に迷っちゃいまして。ここ、どこでしょう」

白いものは、彼氏と車で来てケンカになり、置いてけぼりをくらったという若い女の子だったのだ。

朝倉曰《いわ》く、三日間徹夜だったという寡黙なカメラマンはひっぱたいても起きず、朝倉とわたしはふたりがかりで彼を担《かつ》ぎ、道路工事の警備員たちから注目を受けつつ、もと来た道を引き返し、車に乗せた。ついでに女の子も乗せて駅まで送った。

十三ヶ所の取材は、どこもだいたいがこんな調子だった。幽霊に会えなかったどころか、頭が重くなったとか、誰かが肩に手をかけたような気がしたとか、そんなことすら一度もなかった。正確には、肩に手がかけられたことはあったが、それは怖がって目をうるませた朝倉恭輔のしわざだった。

そもそも、心霊スポットと呼ばれるような場所では磁場《じば》に乱れが生じていて、それが人間の脳に影響を及ぼし、幻覚を見ることが多いと聞く。だとすれば、なにも見なかったわたしの脳はよっぽど鈍感《どんかん》にできているのだと思う。自慢できる話ではないのだが。

あまりになにも起こらないので、だんだん朝倉が気の毒になってきたわたしは一度、探偵なんかじゃなく「見えるひと」を同行した方がいいんじゃないかと言ったことがある。朝倉はお守りだといつも手首に巻いている、トルコ石と黒水晶が交互に組み合わされた派手な念珠をくるくるまわしながら、鼻を鳴らした。

「そんなことしたら、怖いじゃないっすか。オレだって心霊現象なんて信じてないし、信じていないからといって怖くないわけでもない。自分で自分の首を絞《し》めてどうするんすか。実体験なしで、さもなにかあったように書くのが自分の仕事なんだから、これでいいんです。……まあ、ホントにいいかどうか、ビミョーかもしんないけど」

あれは確か七ヶ所目、群馬県の霊園跡地で墓石にけつまずき、七人目のカメラマンがこけて眼鏡《めがね》を飛ばしたうえその眼鏡を自分で踏みつぶして怒り狂い、わたしたちを置き去りにひとりで車に乗って帰ってしまったときのことだった。雨が降っていて、半径五キロ圏内にはタクシーもコンビニも深夜営業中のファミレスもなく、霊園の片隅の四阿《あずまや》めいた場所でふたり、雨宿りをした。そのときの会話だ。

「オレだって、なにやってんだろ、って思いますよ。三十三にもなって、嘘《うそ》書きまくって、読者騙《だま》して。実を言うとね、今回、心霊現象以外はけっこう面白いこと起こりまくってるじゃないすか。なんで、心霊スポット珍道中みたいな事実そのまんまのツアー記に変更させてもらえないかって、編集にかけあったんです。怖い話でなきゃ売れないって、拒否られたけど」

「そうなんだ」

「なんか、やりきれないっすよ」

「でも、あったかい部屋の中でおいしいおやつを食べながら、本の中で怖がらせてもらって楽しむひとがいるんだとしたら、それもアリなんじゃない?」

わたしがそう言うと、朝倉恭輔は少し笑った。

『出た見た祟《たた》られた』というタイトルの本が送られてきたのはその二ヶ月後のことだ。本の扉には頼んでもいないのにのびのびとしたサインが書き殴《なぐ》られていた。わたしと朝倉の縁《えん》はそれで切れた。

そう、思っていた。

運ばれてきた和風味のパスタを食べ終えると、即座にコーヒーが運ばれてきた。厨房《ちゅうぼう》にシェフらしい人の気配がするだけで、店内は閑散《かんさん》としていた。ハイネックシャツの上にネル地のエプロンをして、紫色のフリースジャケットを羽織《はお》ったウエイトレス――というよりお手伝いのおばちゃんと呼んだ方がぴったりくる感じだが――は、コーヒーを置くなり『出た見た祟られた』を嬉《うれ》しそうに指さした。

「あ、お客さんもこの本読んで見に来たんでしょ」

「え？」

「ほら、つくし野原《のはら》霊園跡地が出てるでしょ。出るんだよね、あそこ」

言われてみると、朝倉と雨宿りをした霊園跡地は、確かにこの近くだった。そういえば、本宮波留は祖父の家のそばに墓を買ったが、霊園の管理会社が倒産してダメになったと言っていた。ことによるとつくし野原霊園跡地と本宮波留の言っていた墓、同じものかもしれない。

「あのう、もしかして見たことあるんですか」

おばちゃんはにかっと笑い、

「あるよ、ＵＦＯ」

「……ＵＦＯ？」

「あの霊園、上から見ると五角形のピラミッドみたいな形をしてたのよね。そのせいか、霊園だったときも方向感覚失って、迷子の墓参り客が続出してたんだけどさ。宇宙から見ると五角形のピラミッドって、招《まね》きやすいらしいのよね、円盤を」

おばちゃんはわたしの対面の椅子《いす》を引き出して、勝手に座った。

「よく見るんですか、その、円盤」

「見る見る、しょっちゅうだよ。よく霊園の上空に光がさしててさ。アタシが見たのは光だけなんだけど、円盤が霊園をぐるぐるまわってるの見たひともいるんだよ」

一晩あそこですごしたのに、そんな楽しい訪問者は現れなかった。まあ、これまでの人生、わたしが人気者だったためしは一度もない。鯉《こい》にエサをやって逃げられたことすらある。

「すごいですね」

愛想笑いを浮かべてみせると、おばちゃんはにたっと笑った。

「嘘だよ」

「……は？」

「UFOなんて出るわけないじゃないの。常識で考えなさいよ、地球は広いんだよ。仮に宇宙人が空飛ぶ円盤に乗ってやってきたとして、なにが悲しくてこんなひとけもない場所に来なきゃなんないの」

「温泉に入りに来た、とか」

おばちゃんは大笑した。

「伊香保温泉は宇宙に自慢できるほどの名湯だけど、そこまでは知られてないと思うよ」

「だったら、おばちゃんが見た光って、なんだったんですか」

「兵《つわもの》どもが夢の跡」

「はい？」

「あの霊園が取り壊されて、いっときはお墓を買ったひとたちが押しかけてきたりしてたいへんだったんだ。土地の所有者は霊園側に土地を貸してただけだったらしいんだけど、そのひとのところにまで被害者が押し寄せて、そりゃもう、大騒ぎでね。土地はブルドーザーで半分くらいは片づけたみたいだけど、まだ墓石はゴロゴロ残ってるし、それを片づけなくちゃ再利用もできない。次の借り手なんて見つかるわけないよね。で、やけになったんだかなんだか知らないけど、所有者だか誰だかが、墓石使ってロゼッタストーン作ったりしたんだよね」

「えっ、ロゼッタストーン？」

「あ、違った、ストーンサークルだ」

おばちゃんはけろりと言い直し、わたしは口を滑らせた。

「あの霊園にストーンサークルなんて、ありましたっけ」

「隅っこの方に、石が組んであるんだよ。知らなきゃ四阿に見えるような感じにさ」

確かに、四阿にしか見えなかった。おばちゃんは身を乗り出し、

「本家イギリスのストーンサークルも、近在に住んでるヒマなお百姓さんがこつこつひとりで作ったっていうじゃないの。UFOの着陸場所だとか言われてたミステリーサークルも、じいさんふたり組の芸術作品だったそうだしさ。同じことを群馬の土地持ちがやったっていいんじゃない？　墓石のリサイクルにもなるし。けどまあ、あんなところでそんなことしたって、中学生の悪戯《いたずら》くらいにしか思われない。で、ときどき車を霊園の中まで乗り入れて、HIDランプっていうの？　強いライトをぐるぐるまわしてUFOっぽく演出してたんだよ」

「そんなことまで」

「世間を騒がせるのが大好きっていうか、でかいことやらなきゃ男じゃないと思ってるやつがまれにはいるもんだ。オカルト雑誌にもとりあげられたって息子が言ってたから、喜んで騙されるやつもいるわけ。だからね、こんなインチキ霊園跡地より、行くんだったらオススメの場所があるよ」

おばちゃんは楽しげに声をひそめた。

「霊園のすぐ近くに、出るって噂《うわさ》の廃屋《はいおく》があるんだよ。昔、心霊研究家とかいうじいさんがひとりで住んでた古い洋館なんだけどね。知ってるかい？」

「……たぶん」

「最近、この洋館が出るってネットで話題になったらしくて、みんな見に来るんだけど、あそこはすごいよ。ホンモノ。ハンパなし。どんなに霊感のない人間でもなにか見るか、感じるかするんだよ。アタシの亭主の妹のダンナのいとこなんざ、よほど敏感な体質らしくて、あの廃屋から飛び出して庭で吐いちゃってさ。結局倒れて、救急車で病院に運ばれたんだ」

「なにがあったんですか」

「アタシが直接聞いた話じゃ、家に入った瞬間、身体が重くなって、頭も重くなって、めまいがして吐き気がして、ともかくなにかよくわからないけど悪いものがいるってわかったって言うんだよね。それもただの幽霊じゃなくて力の強い悪霊がいるんだって」

「悪霊、ですか」

「あの家に住んでた心霊研究家のじいさんってのが、えーと、あれは何年前だったかねえ。このへんでわりに大きな地震があった頃なんだけど」

「六年前」

厨房からシェフの声が飛んできた。目が合うと、シェフは面白そうににやりとして、すぐに引っ込んだ。

「そうそう六年前。自分で自分の頸動脈《けいどうみやく》切って、死んだんだ」

自ら冥界の扉を開いたって、そういうことかい。

「自殺、ですか」

「その前からだいぶおかしくなってたみたいだし、その日、たまたま山菜採《と》りに行くんでじいさんちの私道を通り抜けてた知り合いが、家の中からものすごいアブナイ叫び声を聞いたんだよ。『来るな、悪魔よ去れ!』とかなんとか、言ってたんだって」

おばちゃんはますます嬉しそうに声をひそめた。

「知り合いは気になったもんだから、しばらくしてから駐在《ちゆうざい》さんにその話をした。ひとり暮らしの年寄りがおかしくなってるんだったらほっとけないからって、駐在さんが様子を見に行くと、洋館の扉は開けっ放し。中に入ると応接間のまんなかで、じいさんがカミソリ握って血まみれで倒れてたんだって。だから、アタシの亭主の妹のダンナのいとこは言ってたよ。あれは自殺じゃなくて、自分で研究するために呼び出した悪霊に身体を乗っ取られて、殺されたんじゃないかって」

「つまり、左……いえ、おじいさんと、そのひとの呼び出した悪霊が、いまだにその洋館にひそんでいると」

「そうそう」

おばちゃんは深くうなずいた。

「そういうのに興味があるなら行ってみるといいよ。命の保証はできないけどね」

4

カフェのおばちゃんに教えられたとおりに車を走らせた。牧場やまいたけセンターの宣伝看板の前に4WDがどんと停車していて、あやうく通り過ぎかけたとき、4WDの鼻先に細い山道が見えた。舗装《ほそう》されていない泥道だが、車輪のあとがいくつもあった。この先にあるのが問題の洋館だけであることを考えると、よほど人気のある心霊スポットにちがいない。

何も目印のない山道をいささか不安になりながらも進んでいくと、五分ほどでうっそうとした雑木林がふいにひらけ、建物と、それを取り囲む煉瓦《れんが》造りの塀《へい》と、空き地が見えた。万一、救急車を呼ばなくてはならない事態になったときのために、車を空き地の奥に停め、降りて周囲を見回した。

門の横には埃まみれのしゅろの樹があった。すでに表札は取り外されていて、門には扉もなかった。門から洋館まではまっすぐに敷石が並べられていた。写真で見るほどおどろおどろしくはなかったが、空き家になったうえ大勢の野次馬に入り込まれたためか、本宮波留が言いかけたとおり、そしてカフェのおばちゃんが断言していたとおり、立派な廃屋に見えた。

これまでに観たホラー映画の数々が脳裏をよぎった。こういう映画には、近づかないほうがいい場所にのこのこ入り込み、ひどい目にあわされるトンマがきまって登場する。いまのわたしはまさに、そのトンマそのものだった。せめて経費を使って、同行者をつのるべきだったのだ。そのケチでいずれ身を滅ぼすぞと、柴田刑事にののしられたことがあったが、ひょっとするといまがそのときかもしれない。

建物の中はかなり暗いようだった。わたしは車に引き返し、大型の懐中電灯を取り出した。いざというときには警棒代わりに使えるほど頑丈だというふれこみが気に入って、雑誌の通信販売で手に入れたのだ。遠くまで明るく照らし、握り心地もよく、実に頼《たの》もしい。その通信販売で他に扱っている商品が、顔からしみがきれいさっぱり消えたという美顔器や買ったとたんに彼氏ができたというパワーストーン、毎日ひとさじ食べるだけで一ヶ月に十キロ痩《や》せた奇跡のゼリー、といったものだということを思い出さなければ、の話だが。

本宮波留から鍵《かぎ》を預かってきていたのだが、必要なかった。ドアの脇に埋《う》め込まれているステンドグラスはとっくに割られ、いつでも手を突っ込んで鍵を開けることができる。というより、すでに扉はかろうじて蝶番《ちようつがい》でぶらさがっているだけになっていた。

わたしは深呼吸をして、中に入った。

玄関ホールの上にある小窓から斜《なな》めに光が差し込んで、右手にある階段を照らしていた。埃と泥にまみれた木の床に、いくつも足跡が残されていた。まだ、新しいものもあった。

わたし以上のトンマが大勢いる、ということだ。

蠅が羽音《はおと》をたてて廊下をいったりきたりしていた。イヤな臭《にお》いもする。気のせいか、頭も痛くなってきた。悪霊がいようがいまいが、こんなところに長居は無用だ。

「玄関ホールの左側に応接間があります」

本宮波留はそう言っていた。

「応接間には作りつけの棚がありまして、母の遺骨は白い薔薇《ばら》模様の骨壺に入れられて、そこに置かれているはずです。祖父は生前、そんなふうに言ってました。行けばすぐにわかると思います」

言われたとおり、ホールの左側に扉があった。中は二十畳くらいの広さで、ホールと同じくらい天井が高く、がらんとしていた。おばちゃんの話が本当なら、ここで左修二郎は頸動脈を切ったのだ。

しかしそれを思わせるようなものはなにも見あたらない。ソファやデスク、椅子といった家具はもちろん、カーペットすらなかった。壁にはスプレーペンキでよく読めない文字が書かれていたし、アンモニアの臭いもした。誰かがここで破壊行為に勤《いそ》しんだらしい。

棚は左手側の壁と窓の下に、一メートルほどの高さで作りつけられていた。窓の下の棚には分厚い洋書など数十冊の本が並んでいたが、どれも雨露《あめつゆ》にさらされたらしくぼろぼろでタイトルすら読めない。ためしに一冊取り上げたとたん、頁《ページ》が床になだれ落ち、慌てて拾い集めることとなった。

左手側の壁の棚の上には、暗い色調で描かれた年老いた男の肖像画が飾られていた。息を吹きかけると埃が舞い上がり、エドガー・アラン・ポーと見間違えたその男は、左修二郎の著書に載っていた写真とよく似ていることがわかった。少し猫背でひげを生やし、部屋着のような黒いやわらかそうなジャケットを着て、首にアスコットタイを巻いている。タイの上にはペンタグラムのペンダント、左手には分厚い本を持ち、右手で妙な飾りの付いたステッキを掲げている。

棚の上には首の取れた西洋人形が一体。首は少し離れた床の上に落ちていた。頭蓋骨《ずがいこつ》に水晶玉、コンパスにマリア像、五角形のピラミッドその他、いかにもスピリチュアルっぽい置物が何点もある。へんてつもない壺があったが、これが噂の幸運の壺というやつなのかもしれない。

だんだん、ばかばかしくなってきた。それこそ、安手《やすで》のホラー映画の舞台裏にまぎれこんだようだ。

薔薇模様の骨壺だけは、どこにもなかった。

再三、捜し回った末に、この部屋にはないという結論に達した。本宮波留の記憶違いなのか。それとも彼女がにおわせていたとおり、この家に遺骨を放りっぱなしにして十三年来たことがないのだとすれば、とっくの昔に誰かが持ち去ったのか、場所を移動したのか。薔薇模様の骨壺というのは珍しいし、貴重品と勘違いして失敬《しっけい》したバカがいても不思議ではない。

本宮波留に確かめようとしてケータイを取り出したが、圏外だった。もっとも電話がつながったところで、どこにあるのか彼女にわかるはずもないだろうし、結局は家中捜してくれと言われるにちがいない。なかった証拠に棚の写真を何枚か撮ると、わたしはため息をついて部屋を出た。

玄関ホールの奥にはさらにふたつの扉があった。ひとつは開けっぱなしになっていて、のぞきこむと立派なテーブルと椅子が六脚。傾いた食器棚から食器がこぼれ、床に砕けていた。懐中電灯をつけて部屋に入り、食器棚をチェックした。周囲には食器の破片のほかにビスコの空き箱と、使用済みらしきコンドームと、ネズミの糞《ふん》が散らばっていた。もしやと思って足で陶器《とうき》の破片をかきわけてみたが、薔薇模様らしいものはなかった。

隣室へ続く扉をあけると、台所があった。むっとするような臭いがして、わたしは鼻を押さえて口で息をすることにした。蠅が何匹も行き交《か》っていて、やかましい羽音とこの臭いで、頭がさらに痛くなってきた。こんな臭いを嗅《か》いだら、誰だって吐き気を覚えるに決まっている。悪霊とは、腐敗した食料のことだったなんて、しゃれにもならない。

いくらなんでもこんな場所に骨壺があるわけないと思ったが、依頼人への義理をはたすために、大急ぎで見て回った。台所はかなり広々としていて、裏口のドアは開け放たれていた。シンクが三つ、大きな調理台、五つ口のコンロ。シンクの前の窓は広々としていて、白く曇っていた。

早くここを出よう、そう思ったとき、蠅が増えてきているのに気づいた。あちこちに懐中電灯を向けてみると、裏口と対面に玄関ホールに抜けるドアがあり、その脇に白いドアがもうひとつあった。考えるまもなく、そのドアを開けた。蠅がわっと飛び出してきて、わたしは顔をそむけながら下を見た。

ドアの向こうには、地下へ続く階段があった。ベルゼブブとかなんとかいう名前の蠅の王だか悪魔だかがいたな、とぼんやり思った。ひょっとして、その王にご対面した、のか、わたしは……いったい、なにを見ているんだ……。

足を踏み出した瞬間、背後に風を感じた。

とっさにくるりと反転した。それがいけなかった。いっそのこと、自分から階段を飛び降りるべきだった。どういうわけか、わたしの場合、正しい方法に気づいたときにはたいてい手遅れなのだ。

一瞬、そいつの顔を見た。蠅男だ、と思った。

蠅男の手はわたしの胸をもろに突き、踏みとどまろうとした場所に床はなかった。後ろ向きに落ちながら、そいつの巨大な眼が光を反射してぎらりと冷たく光るのを、わたしは確かに見た、と思った……。

ばたん、とドアが閉まる音がして、われに返った。わたしはなにかぬるぬるする、恐ろしく臭いもののうえにお尻《しり》から落ちており、ものすごい数の蠅が周囲に乱舞して痛いほど顔にあたった。まだ握っていた懐中電灯の光の輪に蠅の影と階段が浮かんでいた。

必死に前へ身体を伸ばし、階段にしがみつくようにして姿勢を変えた。閉じこめられるのと暗いのは大嫌いだ。わたしは蠅を振り払いながら、懐中電灯を片手に階段を這《は》うようによじ登った。ノブに手をかけて立ち上がろうとしたとき、めきっと音をたててノブがはずれ、あやうくまた落ちそうになった。

畜生《ちくしょう》。

ドアの向こう側で、別の戸が閉まる音が聞こえた。向こう側のノブがごとっという音をたてて床に落ち、穴から光が差し込んできた。わたしは足をあげて、ドアを蹴《け》飛ばした。ドアはかんたんに開き、わたしは台所の床に前のめりに倒れ込んだ。

遠くで、走り去る足音が聞こえた。わたしは身体の向きを変え、懐中電灯でさっき尻餅《しりもち》をついた階段下の物体を照らし出した。富士の樹海で見たのとほぼ同じような、真っ黒く、ぶよぶよにふくれあがった身体。おなかのあたりが潰《つぶ》れてどろどろになっているのは、間違いなくわたしの仕業だった。

目をそらしたいのに、なぜかそらせなかった。わたしは視線を死体に釘付《くぎづ》けにしたまま両手でじりじりと後ずさった。まもなく視界から死体が消えるところまで下がったとき、あるものが目にとまって、なにが気になっていたのかがわかった。

死体の右手首。腐肉に埋《うも》れながらターコイズブルーと黒い石が光って見えた。

朝倉恭輔。

彼は十万円を持ち逃げしたわけではなかった。ちゃんとここに来て、本宮波留との約束をはたそうとして、はたしきれなかったのだ。

その瞬間、なにかがこみあげてきた。わたしは裏口のドアに飛びついて、外へ飛び出した。草むらに膝《ひざ》をつき、胃の中のものをすべて吐き出した。吐けるだけ吐いてからよろよろと家を迂回《うかい》し、車に向かった。一目見たとたん、心の中で絶叫《ぜっきょう》した。

車のタイヤが切られ、哀《あわ》れ、長谷川所長の愛車シビックは、日だまりにへたりこんだ猫のようになっていた。

車に手をついて、息を整えた。ケータイを取り出してみたが、やはり圏外だった。幹線道路まで歩いて出ろ、というありがたいお告げというわけだ。

わたしは走り出した。蝿たちが嬉しそうについてきた。鯉と違って蝿にはひとを見る目があるようだ。ただたんに、わたしのお尻をこいつらの赤ちゃんがはいはいしてる、というのでなければいいのだが。

頭が重く、めまいもした。このまま走っていると心臓が止まるんじゃないかと一度ならず思ったが、足は止められなかった。早く、一刻も早く、あの家から離れなければ……。

走っているうちに、シビックのタイヤ痕《こん》のうえに真新しい足跡があることに気がついた。もしかしたら追いつけるんじゃないか、と思ったり、蝿男なら空を飛べよ、と思ったりもした。あの家でなら「どんなに霊感のない人間でもなにか見るか、感じるかするんだよ」

という、カフェのおばちゃんの言葉が思い出された。

どうやら、有名な心霊スポット十三ヶ所をめぐり、なにも感じなかった女探偵が生まれて初めて出会った幽霊は、手足があって、物理的に暴力的であって、おまけに家を飛び出して幹線道路に向かっているらしかった。独創的な幽霊だ。

すぐ近くで鳥がかんだかく鳴いた。わたしは泥に足を取られて転んだ。頭が痛い。吐き気も止まらない。意味のない思考が頭の中をぐるぐるまわる。もう、立ち上がれない。

最後の力を振り絞って、ケータイを開いた。

アンテナが一本だけ立っていた。

5

最初に目を開けたとき、枕元《まくらもと》には年輩のおまわりさんが心配そうな顔をこちらに向けていた。わたしは地下の死体について話し、また気絶した。

次に目を開けたときには日付が変わって朝になっており、枕元には安っぽいスーツのふたり組がいた。ひとりは小柄で貧相な五十がらみ、もうひとりはびっくりするほど頼りなさげな若者、どちらも目つきだけは尋常ではなかった。おまえは誰で、住所はどこで、身元保証人が誰で、なんの目的であの家に行ったのか、死体に心当たりがあるのか、あそこでなにがあったのか。彼らは根ほり葉ほり尋ねてきて、わたしはどの質問にも正直に答えた。訊かれないことには答えなかった。

やがて彼らは去り、別のスーツのふたり組がやってきた。彼らも同じような質問を繰返し、ときどき、面白くない冗談を言った。知り合いの腐乱《ふらん》死体の上に尻餅をつくなど、ご遺体への敬意がたりないのではないかとか、もともとその知り合いに好意的ではなかったのではないか、とは、警察流の冗談だろうというのがわたしの解釈だが、あたっているかどうかさだかではない。彼らは笑わなかったし、わたしも笑わなかった。

そんな彼らも、わたしを突き落とした相手が蠅男に見えた、と聞くと笑顔になった。これまで見たこともないほど、楽しくなさそうな笑顔だったが。彼らはわたしの精神状態についてなおも警察流の冗談を言ったが、そいつが蠅男に見えたのはどうしてだと思うか、とは尋ねなかった。訊かれないことには答えない主義を貫くことにした。

そのふたり組が去ると、今度は医者がやってきて退院してもいいと言った。してもいい、ということは、しなくてもいいんですか、と訊くと、黙ってこちらの顔を見て、黙って立ち去った。迷惑だからとっとと出てけ、と言ってもらえると思っていたので、傷ついた。

結局、わたしが倒れた原因を教えてもらえなかったのだからなおさらだ。医者が立ち去って五分とたたないうちに、長谷川所長の丸い顔が病室の扉のむこうから覗《のぞ》かなければ、泣き出していたかもしれない。

「まったく、葉村ってやつは」

長谷川所長は愛車から取り出してきたらしいわたしのバッグをベッドの足下に投げ落として言った。

「警察から連絡もらって気が気じゃなかったよ。本当に無事で良かった……シビックが」

「あんまり無事だったとは言えませんね」

「なに、傷ついたのはタイヤだけだからな。で？　なにがあった」

簡単に説明すると、長谷川所長は首を振った。

「骨壺が見つからなかったってのは、やっかいだな」

「彼女の説明どおりではなかった、という証拠に写真だけはおさえてあります」

「それなら前金は返さなくてもよさそうだな」

「それに、経費も残ってますよね。ちょっと、調べて欲しいことがあるんですけど」

「まったく。おとなしく幽霊に呪われてりゃいいのに、忙しい女だな」

所長はのんきらしく言うとわたしの頼みを聞き、先に所轄署に出向くからあとから来るように、と言って出て行った。わたしは看護師を拝《おが》み倒してシャワー室を借り、備え付けのボディーソープをしこたま使うと着替えをした。以前、どろどろに臭くなる体験をしたことがあって、それからというもの、バッグには簡単な着替えを入れて、持ち歩くようにしている。薄いトレーナーの上下にフード付きパーカという昼寝でもしそうな格好になったが、死体の臭いがしみついたスーツにくらべたら、好印象をあたえるんじゃないかと思う。

病院の支払いは、所長がすませてくれていた。スーツを捨ててくれるように頼み、外へ出てケータイで本宮波留に連絡をとった。本宮波留は半狂乱だった。

「なんで……朝倉くんが、どうして……」

「ひとつ、訊いてもいいですか」

わたしはせいぜい猫なで声を出した。

「本宮さんはどこで朝倉さんと知り合ったんです？」

「兄の仕事の関係だけど……そんなこと、どうでもいいじゃないですか」

本宮波留は声も大きかった。

「朝倉くん、葉村さんのこと信頼できるって言ってたんですよ。すっごく信頼できる探偵さんだって。だから今度のことだってお願いしたのに、骨壺は見つけられなくて、朝倉くんの死体見つけちゃうって、いったいなんなんですか」

「骨壺は、警察の方が片づき次第、捜します。心当たりがなくもないので」

「心当たり？」

本宮波留の声が、さらにとげとげしくなった。

「嘘つかないで。ダメだったんならダメで、失敗しました申し訳ありませんでしたって謝ればいいじゃない。心当たりだなんて、そんなデタラメ……」

「どうしてデタラメだと思うんです？」

「わかりきったこと訊かないでよ、しらじらしい。やっぱり、あの家にさわったらいけなかったんだわ。祟られたり呪われたりするってわかってたのに、だから探偵に頼んだのに。どうしよう。あんたのせいで、あんたに依頼したわたしに呪いがきたら——そんなことになったらどうしてくれんの。ねえ、どうしてくれんのよ」

要するに、探偵が呪われる分にはいっか、と思っていたわけだ。正直な依頼人である。

「落ち着いてください。そんなことにはなりませんよ」

「もうなってるわよ。わたしは呪われちゃったのよ。わたしも、母も」

「どういうことですか」

本宮波留はひきつったような笑い声をたてた。

「母の遺骨を取り戻したければ、あの家を完全に自由にしろって、祖父の霊から伝言があったんです。さもなければ呪いはおまえのもとに行くだろう。あの家に近づくすべての人間が、祖父の呪いを受けるんだって」

「伝言って、どうやって」

「とにかく、お渡しした前金は返していただかなくてもけっこうですから。あとはわたしが自分でなんとかします。今後、いっさい関わらないでください」

通話が切れると同時に、遠くからサイレンが聞こえてきた。脇によって見ていると、救急車とパトカーが数台、病院の駐車場に飛び込んできた。ストレッチャーがものすごい勢いで救急外来《がいらい》に運ばれていき、パトカーから十人以上の警察官が降りてきた。あるものはよろけ、あるものは植え込みに吐いたりしながら真っ青な顔でふらふらしている。そのなかには先ほど顔を合わせたばかりのスーツ姿のふたり組がいて、鑑識《かんしき》の制服を着た男たちを支えながら病院に連れ込もうとしていた。

思わず舌打ちが出た。てんやわんやになっている病院入口に駆け戻り、先ほど支払いを済ませた場所の脇にあった車椅子を一台拝借《はいしゃく》し、とって返した。刑事はわたしの顔をイヤそうに眺めたが、車椅子は断らなかった。彼らは一団となって院内に消え、わたしは警察署に向かって歩き出した。

五分と行かないうちに、背後でクラクションが鳴った。制服警官が運転するパトカーの後部座席にさっきの刑事が乗っていて、仏頂面《ぶっちょうづら》で手を振っていた。

「あんた、葉村さん。うちの署に行くんだろ。乗ってけ」

「できればその前に食事をしたかったんですけど。なにしろ昨日の昼以来、なにも食べてないもんで」

刑事はうなり声をたてた。

「なら、うまい水沢《みずさわ》うどんの店に連れて行ってやっから。早く乗れ」

お言葉に甘えてパトカーに乗った。うどん街道という場所に連れて行かれた。確かにうどんはうまかった。マイタケの天ぷらはなおうまかった。最後の食事から二十四時間ほどたっていることを割り引いても、だ。刑事はわたしを見て、警察流の賛辞を述べた。

「あんた、意外と根性あるな。あんな目にあってその食欲とは」

年をとって、うまくできるようになったことがひとつある。記憶に蓋《ふた》をすることだ。あやうく開きかけた蓋を強引に閉めると、話題を変えた。

「警察のひとたちにも、わたしと同じ症状が出たみたいですね。現場検証してたひとたちなんでしょう?」

先に食べ終わり、つまようじを使っていた刑事はうなずいた。

「まあ、仏《ほとけ》さんの状態があれだもんな。腐敗ガスが出たんじゃないかと思うんだが」

「でも、これまでにもあの廃屋で気分が悪くなって救急車で運ばれたひとがいたんですよね。朝倉さんは、亡くなってせいぜい一週間ですよね」

「なんだ、悪霊のしわざだとでも言いたいのか」

刑事はつまようじの先をぐいっとかんだ。

「ま、そう言いたくなる気持ちもわからないじゃないがな。悪霊の話はここらじゃ有名みたいだから」

「だから、出たと」

「見えたと言ってるやつがいたにはいたが……」

刑事は言葉を切り、口調を変えた。

「出ると思ってるとこに行ってひどい死体見たら、誰だって自己暗示で気分くらい悪くなる。連鎖《れんさ》反応ってもんもあるだろうし、びびったあげくに幻覚を見たって不思議じゃねえだろ。警官だって人間だ。おまけに殺しを扱うとなったら、被害者の魂を浮かばせてやるだのなんだの、どうしたって死後の世界のこと考えちまうんだよ。わりーかよ。そういうあんただって、蝿男を見たとか、わけわかんないことぬかしてたじゃねえか」

「蝿男を見た、とは言ってません。蝿男に見えた、と言ったんです」

「どう違うんだ」

「いま、殺しを扱うっておっしゃいましたけど、朝倉さんは殺されたんですか」

「それは司法解剖《かいぼう》の結果待ちだ。おい。あんた、なんか隠してんだろ」

「訊かれたことにはすべて正直に答えました」

「要するに、積極的に情報を公開して警察の手間をはぶいてやろうとは思ってないわけだ。そういうのはな、正直とは言わねえんだよ」

わたしはせいぜい無邪気な笑みを浮かべて見せた。刑事は不気味そうに身を引いた。これも警察流の礼儀なのかもしれないが、一般的には失礼だ。

「では、気がついたことをひとつ。わたしがあの家への山道に車を乗り入れたとき、ちょうど入口近くに練馬《ねりま》ナンバーの４ＷＤが一台、停まってました」

刑事は目を細めた。

「だから？」

「わたしを突き落として逃げていった男、とりあえず蝿男と呼んでおきますが、彼はわたしよりも先にあの家に入っていた。でも、あの近くに車はありませんでした。山道の入口に停めてあったあの４ＷＤが、蝿男の車だったんじゃないでしょうか」

「その蝿男が、あの遺体となにか関係があるとでも？」

「朝倉恭輔さんと関係があると思います。蝿男を捕まえれば、全部がはっきりしますよ」

「全部って」

「あの家に悪霊が出る理由、朝倉さんが亡くなった理由、わたしが殺されかけた理由、現場検証にあたった警察官が病院に運ばれた理由」

他にもいくつかあったが、警察には関係ないので割愛《かつあい》した。わたしは善良な市民だ。警察の仕事を増やそうとは思わない。

「ずいぶん自信ありげのようだが、根拠はなんだ。あんたの見た4WDが、その、蠅男のもんかどうかもわからねえってのに、警察にその車を追わせようってんだろ？　そいつはただ心霊スポットを見に来ただけの物好きな観光客で、渋川《しぶかわ》からバスで来たのかもしれねえぜ」

「根拠は」

わたしはにっこりと笑った。

「あいつが蠅男に見えた、ということです」

6

本宮波留のマンションは世田谷《せたがや》の小田急《おだきゅう》線沿線にあった。夕暮れどき、マンション前に車を停めていると、何度となく車内を覗かれた。防犯意識が高くてけっこうなことだ。

到着して二十分後に、問題の４ＷＤが現れた。犯人の先回りができるとは、さすが警察組織だ。探偵だけでは、こうはいかない。

わたしは車から降りて、４ＷＤからマンションへと片足をひきずりながら急ぐ男の前に立ちはだかった。男はぎくりとして、足を止めた。

「ごぶさたしてます、覚えていらっしゃいますか。探偵の葉村晶です」

男は胸に抱えていたものを滑り落としそうになり、慌てて手を組みかえた。

「あー、あんたか。あのときは世話になった。助かったよ」

「ほんとにたいへんでしたよ。片足を骨折して動けなくなったあなたを、朝倉さんとふたりで富士山麓の樹海から連れ出すのは。ええと、お名前なんておっしゃいましたっけ。本宮カメラマンでいいのかしら？　本宮波留さんのお兄さんですよね」

彼は身体の向きを変えようとして、４ＷＤにもたれている群馬県警の刑事と、近くに停めてある覆面《ふくめん》パトカーに気づいたらしい。ふてくされたようにこちらをむいて、ぶっきらぼうに言った。

「本宮修《おさむ》だ」

「おさむ？　左修二郎の修の字をもらったんですか」

「あんたに関係ないだろう」

「それはないでしょう。必死の思いで樹海から助け出したのに、そのあなたに殺されかけたんですよ」

本宮修の目が泳いだ。

「殺すだなんて。あれは……たんなる時間稼ぎで……」

「わたしを地下に突き落としたことは、認めるんですね」

刑事は4WDの車内を覗き込んでいたが、のんびりとこちらへやってきた。

「あんたの言ったとおり、蠅男の顔が落ちてたぜ」

本宮修は肩で息をしながら、しばらく黙っていたが、ややあって口を開いた。

「どうしてオレのことがわかったんだ。顔は見られてないし、それに波留の兄だってことが、どうして」

「霊園です。倒産したつくし野原霊園。あの場所が、なぜ朝倉さんの『出た見た祟られた』に登場したのかが、まず不思議でした。近所のひとの話では、あの霊園跡地には作られたストーンサークルがあり、インチキなUFOの出現が下手くそに演出されていたそうですが、幽霊が出るという噂は近くにある旧左修二郎邸に集中していた。なのに、朝倉さんはあの洋館ではなく、霊園を心霊スポットに選んだ。つまり、取り上げる心霊スポットを選ぶときに、霊園跡地こそが心霊スポットだと、誰かが朝倉さんにふきこんだわけです」

でも、ストーンサークルの話はしなかった。だから、朝倉恭輔もあの四阿めいた場所がストーンサークルだとは知らなかった。知っていたらそのことも書いただろう。

「そんなことをしそうな人物はひとりしかいません。ストーンサークルとUFOで、霊園跡地を盛り上げようとして失敗した、あの土地の所有者です。あの霊園跡地がなんらかの形で話題になればいい、そう思ったんでしょう。土地の所有者が誰なのかは、うちの所長に調べてもらいました。そしたら名字が本宮だった。波留さんのお兄さん以外、考えられない」

本宮修はゆっくりと4WDへ歩き出した。わたしと刑事もそのあとをついて行った。彼はボンネットにもたれかかった。わたしは彼の前にまわって、続けた。

「波留さんは朝倉さんとはお兄さんの仕事の関係で知り合った、と言っていました。お兄さんは大ケガをして、いまだに足が不自由だとも言っていた。わたしがあの洋館を脱出して山道を走っているとき、行きにシビックがつけたタイヤ痕の上に、少しだけ右脚を引きずるようにしている足跡が残っていた。あの富士山麓の樹海で起きた事故のとき、救急車に同乗したのはわたしだった。あれこれ考えるうちに、あのときのカメラマンが本宮という名前だと思い出した。あなたも、わたしを覚えていたんでしょう?」

本宮修はわずかにうなずいた。

わたしが探偵だと知っていたから、わたしを階段から突き落としたのだ。妹から探偵を雇って骨壺を取りに行かせた、という話を聞かされてもいたのだろう。わたしがただの心霊スポットマニアだったなら、声をかけて一緒に死体を見つけるふりでもすればよかった。家の持ち主の兄が現れたとしても少しもおかしくはないのだから。

「これは、いささか失礼な想像になるんですけどね」

わたしは唇をなめた。

「お祖父さまである左修二郎氏が亡くなって、あなたは霊園のある広大な土地を、妹さんは洋館と著作権を相続されたんですね。あの霊園は五角形のピラミッドみたいな構造だったというから、設計したのは修二郎氏だったのかもしれませんね。あの応接間には五角形のピラミッドの置物があったし、スピリチュアルな意味のある霊園として造り上げた。悪い言い方をすれば、修二郎氏の道楽《どうらく》みたいな霊園だった。だから管理会社についての吟味《ぎんみ》も甘かったし、結果として霊園が倒産するなんて事態になってしまった。お母さまのためにお墓を用意した、波留さんはそう言ってました。用意した、って買ったという意味ではなく、地主の権利で一区画譲ってもらったということだった」

本宮修は否定せず、ただため息をついた。

「妹より有利な相続をした、そう思っていたのに土地は一円にもならなくなった。しかもごく最近になって、洋館は左修二郎氏のファンたちに人気の心霊スポットにまでなって、そのファンのひとりから購入の申し込みがあった。しかも著書が復刊されて妹さんに印税が入るようになった。貧乏くじを引いたのは、あなたのほう、ということになった。霊園を半分取り壊してしまったのは、残念だったですね」

完全に残っていたら、霊園だって左修二郎監修の霊的ピラミッド、とかなんとかいう名目で、ふたたび売りに出すことができたかもしれないのに。ま、買い手がいるとも思えないが。

「波留さんは、お祖父さまの心霊的な力、そういうものを信じているようですね。怖がってあの家にも近づこうとはしなかった。でもあなたは偶然、あの家に行ってみた」

「偶然じゃないよ」

本宮修は言った。

「祖父《じい》さんが自殺したとき、身内はオレたちしかいなかったから、オレが行くしかなかったんだ。簡単に葬式を済ませて、骨は左家の墓に入れた。母親の遺骨も一緒におさめようとしたんだが、波留が反対してできなかった。祖父さんのことをこわがってもいたが、嫌ってもいたんでね。祖父さんと一緒の墓じゃ母親がかわいそうだとぬかしやがった。あの家に放りっぱなしにして、自分じゃなにもしないくせに、ああだこうだと文句だけは多いんだ、あいつは」

「そのお祖父さまが亡くなられた頃に、あのあたりで大きな地震があったそうですね」

本宮修はびくっと顔をあげ、わたしをまじまじと見た。その顔がふいに歪《ゆが》んで、彼は大声で笑い始めた。

「な、なんだ。それじゃ気づいたんだ、あんたも。悪霊の正体に」

「あなたのおかげですよ」

わたしは4WDの車内に目をやった。後部座席にガスマスクが放り投げられていた。

彼が蠅男に見えたのは、このガスマスクをつけていたためだった。

「悪霊だなんて、笑っちゃうよな。あの地震のせいで、ちょうどあの家の裏に、微量だが火山性の有毒ガスが流出するようになっただけ。家の内部にガスがたまって、あの家に入り込んだ連中は、みんなそのガスを吸って頭痛を起こしたり、気持ち悪くなったり、幻覚を見たり、吐いたり倒れたり、しただけだってのにな。ことによると祖父さんだって、ガスにやられておかしくなって、自分の首を切っただけかもしれないってのにな」

おまけに、数日前にも地震があったせいでガスの量が増えて、わたしはもちろん、警察官が何人も病院に担ぎ込まれる騒ぎになったというわけだ。

「心霊スポットでもなんでもない。霊の出る家としてあそこをそんなバカどもに売るだなんてとんでもない。あんただって、そう思うだろ。僻地のボロ家にしちゃ高い値段で売れそうだって妹は喜んでたが、そんなもったいないこと、させるわけにはいかないだろ」

「火山性のガスが出たということは、温泉も出るかもしれませんものね」

そこまでは話してなかったので、隣で刑事が目をむいた。本宮修は目をきらきらさせて、

「わかってるじゃないか。温泉さえ出れば、あの霊園跡地を売りに出すこともない。銀行から金を借りて、あの場所にでっかい温泉ホテルをおったてられる。そうだろ？」

「で、そのことを正直に妹さんに話すかわりに、裏であれこれ画策《かくさく》して、妹さんからあの洋館をとりあげようとしたわけですか」

わたしが病院で気絶している間に、母親の骨壺をネタに、呪われているからあの家から手をひいたほうがいい、とかなんとか妹を脅《おど》して洋館の権利を巻き上げた。本宮波留との最後の電話を思い出すと、おおかたそんなところだろう。

「いったい、いつからガスに気づいてたんですか」

「一ヶ月くらい前だ。それ以来、波留に家を渡すように説得してたんだが、妹はガンコでごうつくばりなんだ」

「朝倉さんは……」

「べつに、オレが殺したワケじゃないよ。波留に頼まれて、あの家に入り込んで、あちこち調べてるうちにガス吸って意識朦朧《もうろう》となって階段から落ちて、それで死んだんだろ。骨壺は台所に置いてあったからな。本人のせいだ。オレのせいじゃないよ」

刑事がうなった。

「とは言えねえだろ。あんたが妹さんに正直に事情を打ち明けてりゃ、妹さんの口から朝倉さんにガスの件が伝わってたんだ」

とりあえず、ご同行いただきましょうか、と刑事は警察流の礼儀作法を守って本宮修に言った。本宮修は抱えていたものを見て、わたしを見た。わたしはにっこり笑って手を差し出した。

7

チャイムに応えて顔を出した本宮波留に、薔薇の模様の骨壺を差し出した。本宮波留が受け取るのを待って、きびすを返した。背後で本宮波留がなにか叫んでいたが、わたしは黙って立ち去った。

エレベーターの中に、蠅が一匹とまっていた。一階に到着すると、蠅はわたしには目もくれず、春の闇の中へと消えていった。

# 暗い越流

1

「これってファンレターですか。ファンレター、ですよね」

私は便箋《びんせん》を折りたたみながら繰り返した。齋藤《さいとう》弁護士は赤ん坊のようにくれた顎《あご》で、重々しくうなずいた。

「そう。ファンレターですね」

にわかに手の中の便箋が汚《けが》らわしく思えてきた。ビジネスレターの大半がメールになってしまった昨今、白地に萌葱《もえぎ》色の罫線《けいせん》だけの便箋を手にする機会などほとんどない。その清々《すがすが》しい便箋に、ブルーブラックのインクでしたためられた美しい日本語。

時候の挨拶とお見舞い、どんなことがあってもあきらめずにがんばってください、あなたには私がついてます、という内容。手紙文のサンプルに使えそうな代物だ。手紙そのものに、嫌らしいところなどまるでない。

一枚目の便箋に「この手紙を磯崎保《いそざきたもつ》様にお渡しください」とある事実をのぞいては。

「これをわがクライアントに渡すべきかどうか、悩んでましてね」

齋藤弁護士はちらっと上唇をなめた。私は無視した。うちの出版社が来客にお茶を出さなくなって久しい。その代わり、私の背後で自販機がうなりをあげている。まさか、吹けば飛ぶようなリサーチャー……という肩書きの嘱託《しょくたく》社員が、はるかに栄養状態の良さそうな弁護士先生に、ペットボトル飲料をおごるわけにもいかないではないか。

「クライアントというのは、つまり」

「多摩川《たまがわ》の五人殺しの磯崎保ですよ」

齋藤弁護士はいくら待ってもタダ茶にありつけないことをようやく悟《さと》ったらしく、ケータイをつかみ出しつつよちよちと自販機に歩み寄った。

「あの男、死刑が確定したんですよね」

「よくご存知ですね。いや、失礼な言い方でした。お仕事ですから知っていらして当然だ」

「有名な事件だし、住まいが多摩川沿いで、現場はなじみの場所ですから」

「そうですか。いえね、本人は再審《さいしん》請求をすると言い張ってるんですよ。人の命を奪う死刑制度は、人権上間違っていると言っています」

口があんぐりと開いてしまった。人の命を故意に、それも盛大に奪った人間が、それを言うか。

五年前の七月二十日、大規模な被害の出た台風の翌日の早朝、磯崎保は多摩川沿いに車を停め、仮眠をとっていた。そこに通りかかったなんとかというテリアが磯崎の車に吠《ほ》えかかった。磯崎は車から降りて犬を蹴り、飼い主の女性と口論になった。その後、女性は犬をつれて立ち去ったが、磯崎は車でその後を追い、女性と犬をはねとばし、バックと前進を繰り返してぺしゃんこにした。

さらに磯崎は車を走らせ、自転車で新聞配達をしていた少年と、出勤途中だったふたりのサラリーマンと、騒ぎに驚いて店から飛び出してきたコンビニの店長を追い回しては次々にはね、なおも暴走を続け、あちこちで多重衝突《しょうとつ》事故をひき起こしてパトカーに追われ、ロータリーでバスに追突してようやく逮捕された。

結局、バスの運転手と乗客を含む五人が死亡、二十三人が重軽傷を負った。重傷者のなかには依然として意識の戻らないひと、社会復帰できずにいるひとも多く、

「ここだけの話、私ですら極刑はやむをえないと思いますよ」

齋藤弁護士は糖質ゼロ飲料を一気に飲み干して、ゲップとともに言い放った。

「なにしろ本人がまったく反省していないんですから。犬が悪い、飼い主が悪い、車をよけきれなかったやつらが悪い、追いかけてきたパトカーが悪い、社会が悪い、親が悪い、貧乏が悪いって、完全に被害者気取りだからね。あれじゃ更生《こうせい》の可能性はまあ、ないし」

そんなこと、仮にもメディアの人間に言っちゃっていいのかと思ったが、同時にそりゃ、

弁護士だってそういう気分になるだろうな、と納得した。磯崎の悪名が高まった理由は、犯した罪の強烈さもさることながら、責任逃れがあまりにも見苦しかったためだ。

彼は犯行時に泥酔《でいすい》状態だった、と言い、血中アルコール濃度と犯行直前まで一緒にいた同僚の証言でこれが否定されると、今度はドラッグをやっていた、と主張した。こちらが薬物検査で否定されると精神鑑定を持ち出し、これもまた責任能力ありと診断されるや、パトカーの追跡方法に問題があったからバスに追突したのであって、死者五人のうちふたりの死には責任がない、殺したのは三人なんだから死刑は重すぎるだろう、と言い出した。八十歳になる磯崎の父親が「世間に申し訳がない」と自宅物置で首を吊ると、その父親から虐待《ぎやくたい》を受けていた、という上申書《じようしんしよ》を提出した。

少年ならまだしも、五十を超えた男にこんな真似をされたら、遺族や被害者でなくても、いい加減にしろよ、とわめきたくなる。現に、日本中がそう叫んだわけで、死刑判決が下りた直後、磯崎を乗せた護送車には野次馬からいろんなものがぶつけられたそうだ。

そんな男に、ファンレター。私は公開された磯崎の顔写真を思い浮かべ、ありえない、と思った。あんなやつにこんな手紙を書く人間は、物好き、変態を通り越して、サイコパスの域《いき》に達している。

「それでこの、差出人の山本優子《やまもとゆうこ》という女性の素性をお知りになりたいわけですね」

「そう。名前はあるけど、住所はないでしょう。消印は調布《ちょうふ》だけど、こんなありきたりの名前じゃ探し出すのもたいへんだ」

「磯崎に渡すんですか、この手紙」

「ホントにたんなるファンレターなら渡さないわけにもいきませんが、いろいろ考えてると心配になりまして。アメリカなんかじゃよくいるでしょう。死刑囚や終身刑の囚人と文通したり、そこに髪の毛なんか入れて送らせて、ネットで販売したりする……」

「死刑囚グルーピー、ですか」

「それそれ。結婚したり、手紙を出版したりしてメディアに出て顔と名前を売って金にしようとか。まあ、日本にはその手の記念品に大金をはたくほどの犯罪マニアのマーケットはないし、逆に死刑囚と結婚したりすれば、損害賠償請求の対象になりかねないだけで、儲《もう》かりはしないはずですが」

　齋藤弁護士は言葉を濁《にご》した。

「ともかく、どういう人物なのか一応、身元をおさえておきたいわけです。まかり間違って被害者の関係者だったり、独占インタビューを狙っている人間だったりした場合、あとでややこしいことになると……私の立場もありますから。で、おたくの編集長に相談したら、きみなら調べ上げてくれると推薦《すいせん》されました。その代わり」

このネタはうちで使っていい、ということだ。

私は現在、『日本の犯罪者たち』というムックのシリーズにたずさわっている。阿部定《あべさだ》、光クラブ、帝銀事件、下山《しもやま》事件、グリコ・森永《もりなが》、大久保《おおくぼ》清《きよし》に連合赤軍、三億円事件などといったメジャー級の犯罪事件の資料をわかりやすくまとめ、本体価格一二〇〇円、A五判サイズで出版した。類似本の多さを考えると、まずまず売れたほうで、昭和の事件簿十二冊を刊行したのち、目下《もっか》平成編を企画・制作中である。

とはいっても、すでに半ば歴史になってしまった昭和編にくらべ、まだ関係者の傷も生々しい平成編をまとめるのは思っていた以上に難しい仕事だった。係争中の事件も多いし、殺人罪の時効も廃止されたし、発生当初にメディアからセンセーショナルな扱いをされたことで取材お断りの関係者が大多数。とりあえず今回は『車にまつわる事件』といった大きなくくりにして、各事件の扱いは小さくしたものの、このままでは当時の新聞雑誌記事の総集編のような、どうでもいい本ができあがるにちがいない。

そういう意味でこのファンレターは、磯崎保事件の記事に、面白い彩りを添えることになるかもしれない。個人的には吐きそうだが。

歓談室の片隅にある機械でファンレターのコピーをとって齋藤弁護士と別れ、ケータイの電源を復活させながら席に戻った。建ってまだ十年の新館にいたときには気づかなかったのだが、実録ムック部門のある旧館の窓は、風雨によりみしみし音を立てていた。記録にないほどの超大型台風が近づいているとかで、東京は先駆《せんく》降雨帯の襲撃を受けつつあるのだ。

コンビを組んでいるライターの南治彦《みなみはるひこ》が、片隅にある応接セットのソファにだらしなく座り、けだるげに窓を見ていた。何年着ているのかわからないカーキ色のジャケットに白いジーンズというい つもながらの服装。実はかなりの乱暴者だが、妙に肌がつるんとして白いから、御《ぎょ》しやすそうに見える。一度、編集長に「南はおまえさんに気があるんじゃないか」と言われたことがあった。冗談に違いないが、寒気がした。

私に気づいた南は、表情の読みとりにくい細い目をこちらに向けた。かたわらに付箋《ふせん》紙のついた資料がうずたかく積み上げられている。

「仕事は？」

問題のファンレターを渡すと、南は一読して鼻で嗤《わら》った。

「雷《かみなり》警報が解除されるまで、パソコンは止めた。旧館だからねえ。なんだい、これは」

「磯崎保へのファンレターだけど」

「使えないね」

南は切って捨てた。

「使えない？」

「ダメ。全然ダメ。面白くもおかしくもないうえに、本文には磯崎のいの字もないじゃないか。これじゃ、どこの誰にあてたんだかわかんねえよ」

南治彦は引用した文章を、構成を入れ替え、言葉尻を変え、特徴的な言語を別なものに言い換えて、コピペがばれないように作り替える天才である。実を言えば、今回のムックにも過去の出版物からこうしてパクった文章が随所にちりばめられているのだが、どこからも苦情は来ていない。著作権がやかましくなる一方で、他人の文章をまるごと自分の署名記事にうつしてけろっとしている人間が増え、盗作問題が横行《おうこう》する昨今、南は貴重な存在だ。

そんな相方の言うことだから、説得力があった。私はファンレターのコピーを机の上に放り投げた。無用な仕事が増えただけ、ということだ。

「こんなもんより、ネットで面白いの見つけたよ。〈死ねない男〉ってんだ。ねえ、ケータイ鳴ってるよ」

開いてみて、自宅からだとわかって閉じた。電源を入れたとたんにこれだ。南の目がちらっと私の顔とケータイを往復した。

「出なくていいのかよ。お母さん、具合が悪いんだろ」

「本人はそう言ってる。それで？」

南は視線をそらし、話を続けた。

「磯崎がバスに激突して、運転手と乗客が死んだだろ？　他にも怪我人が大勢でたんだけど、足の小指を骨折しただけですんだラッキーな男がいた」

「運がよかったね」

「それがこの男、前にも首を吊ったら縄が切れたり、青酸カリを飲んだのに腹痛だけですんだり、マンションの屋上から飛び降りたら二メートル下のバルコニーに落ちたりして助かってる。で、ついたあだ名が〈死ねない男〉」

「ホントか、その話」

「裏をとるのはオレじゃなくって、リサーチャーの仕事。磯崎事件のコラムにちょうどよくない？　親からもらった名前がよかった強運の男、みたいな囲み記事にするってどうだろう」

「なんて名前、その〈死ねない男〉」

「福富大吉《ふくとみだいきち》」

2

正午をすぎると雨があがり、雲の間から青空が見えるようになった。

磯崎事件が起こった多摩川べりを行くと、広報車や消防車と何度も行きあった。徐行しながら、多摩川が警戒水位に達するより前に避難するようにと呼びかけている。史上最強の台風上陸までまだ何十時間もあるはずだが、すでに警戒を強化しているとみえる。

ムリもない。すでに多摩川は先ほどの雨による影響か、濁り、嵩《かさ》も増えて、いつもの穏やかな姿を一変させていた。このあたりは五年前にも浸水を経験している。その時のことはよく覚えていた。家の前にあるマンホールのフタがはずれ、まるで噴水のように水があふれてきた。窪地《くぼち》にある我が家には汚水が流れ込み、一階は汚泥《おでい》につかってひどい有様だった。母の依存心はあれ以来、どんどん強くなっていき……。

ケータイが鳴った。早く帰れという母親からだった。

仕事だ、仕事。

手短かつ強引に通話を終わらせた。台風がひとを怯《おび》えさせている。

ネットで調べた福富大吉の住所は、この現場から比較的近い場所にあった。問題のバスはこの付近を周回して駅に向かう。事件の日、福富大吉は家の近くからバスに乗り、駅のロータリーに到着したことにも気づかず最後部の座席で寝込んでいた。到着と同時に降りようと運転席付近にいた気の早い乗客が磯崎の犠牲になったことを考えると、この一件だけなら〈死ねない男〉とは言い過ぎという気もする。

考えてみれば、このバス以外の福富のエピソードはすべて「自殺の失敗」だ。福富大吉という名前につい爆笑してしまい、南の示唆《しさ》にのってリサーチを引き受けたが、自殺未遂を繰り返している男に会わねばならないと思ったら、なんだか気が滅入ってきた。

家に帰るよりましだと自分に言い聞かせ、駅前に引き返した。

問題のロータリーを見おろすカフェの席で、福富大吉は待っていた。布袋《ほてい》様か大黒《だいこく》様みたいな中年男を想像していたのに、実物は痩せた若い男だった。Tシャツと長袖《ながそで》シャツとグレーのパーカというありきたりの服装で、ぼろぼろの黄色いショルダーバッグを脇に置いていた。よく言えば、陰がある。はっきり言えば、華も覇気《はき》もないタイプだ。

ただ、福富大吉は本名だった。こちらが言い出すまえに運転免許証を見せられたので、それは間違いない。

「別に面白く書こうと思ったわけじゃないんす」

福富は頬のこけた長い顔をうつむけて、ぼそぼそと言った。

「誰も読まないの前提でブログ書いてただけなのに、なんか、ウケちゃって。なんでウケるんすかね。ひとが死にかかっては助かる話って、面白いすか。イヤな話だと思うんだけどな」

「確認しますけど、首を吊ったらロープが切れた……？」

「ロープじゃなくて、荷物とか梱包《こんぽう》するのに使うブルーの幅広のテープみたいなヤツっす。丈夫そうに見えたんだけどな」

「それをどこにかけたんです？」

「カーテンのレールに。他にかけるとこなんかなかったし」

いくら痩せていても、それでは自殺が成功するはずもない。

「で、次に青酸カリを飲んだんですね。どうやって入手したんです？」

「うちの納戸《なんど》に死んだひい祖母《ばあ》ちゃんの遺品があって。ガキの頃、ひい祖母ちゃんが戦争の後のジケツ……？　それのために配られたんだって、見せてくれたの思い出して。ひい祖母ちゃんの文箱《ふばこ》の中にまだあるかと思って探したら、それらしい紙包みが見つかって」

「それ、ホントに青酸カリでした？　ただの胃薬だったのかも」

「〈青酸カリ〉って書いてあったし」

ひい祖母ちゃんの冗談だったという可能性もある。本物だったとしても、紙にくるんであったのなら、とっくに無毒化していただろう。

「それで、飲んでどうしました」

「全然効いてこなくて。青酸カリって即効性があるはずじゃないすか。おかしいな、と思ってるうちに何時間もたって。そしたら腹が痛くなってきて。救急車を呼びました」

思わず福富の顔を見たが、ふざけている様子はなかった。

「……医者に叱られたでしょう」

「はあ。不思議ですよね。客が増えて、商売繁盛なのに、なんで怒るんすかね。そのあと、飛び降りて足くじいて行ったときも、なんかぐちゃぐちゃ怒られましたよ。治療費はちゃんと払ったのに」

この男をコラムにとりあげるなんてありえないな、と思った。実名もろともなら面白がられるかもしれないが、それはできまい。

興味がさらにそぎ落とされ、私はしらけた気持ちで会話の接《つ》ぎ穂《ほ》を探した。

「それにしてもあなた、なんだってそんなに死にたいんですか」

「鬱《うつ》になったし、仕事クビになったし、親はうるさいし。いろいろあるけど……いちばんは、彼女にふられたことかな。突然、いっさい連絡とれなくなっちゃったんす。病院から電話したんだけど、おつなぎできませんって言われるばっかりで」

「病院？」

「だから、バスのとき」

福富は、頭悪いなあと言わんばかりにこちらを見た。

「親に頼むと面倒だし、ユーコなら車持ってるし、だから何度も電話したんすよ。でも前の晩から通じなくって、結局それっきり。足の小指の骨折って、みんな笑うけど、意外と大変なんすよ。松葉杖使わないと歩けないし。ようやく歩けるようになって、彼女の家にも行ってみたけど、親に追い返されました。もともとあのオヤジはボクのことよく思ってなくて。高校の国語の教師で、すっげえカタブツなんすよ」

話が彼女のことになると、福富は放っておいてもよくしゃべった。

「ボクと彼女、中学の同級生で。ボク、中学のときに引きこもりになって。で、彼女がうちに訪ねてきてくれて、励ましてくれて、社会復帰したんす。彼女も家や家族が嫌いで。なんか、ものすごいわがままなお祖母さんに介護が必要で、母親が耐えかねて弟つれて家から出て行って。んで、彼女が母親の代わりにお祖母さんの介護とか父親の世話とかしなくちゃなんなくって。だから五年前、結婚しようって言ってたんすよ。一緒にどっか行こうって。なのにいなくなっちゃうんだもんなあ」

「ちゃんと捜したんですか」

「友だちに訊いてもみんな知らないって。家に行ってみたって言ったたっしょ。オヤジが娘は出て行ったたって、それ言われたら捜しようなんかないじゃないっすか」

最近の若いのは。日頃、絶対に使うまいと決めていたセリフが口からこぼれ落ちそうになった。結婚まで考えていた女性が行方不明だというのに、なんとあっさりしていることか。

「心配じゃないんですか。捜索願を出すとか、なにか」

「捜索願は他人じゃ出せないし、出せたって別にケーサツが捜してくれるわけでもないし。探偵雇う金なんかあるわけないし。もう、どうしようもないっすよ。そいで、仕事も手につかなくなって、クビで、いつまで家でゴロゴロしてるんだって親はうるさいし、だからがんばって死のうとしてんのに死ねないし」

福富大吉は大きなため息をついた。努力の方向性が間違ってることを、どうやったら理解させられるんだろうと考えて、なにも私が教えてやる必要はないことに気がついた。

「だけど、そのユーコさん、でしたっけ？　お友だちも居場所を知らないなんて不思議ですね」

「居場所どころか連絡もとれないって。まあ、ユーコも友だち少ないから。でも、市役所に婚姻届取りに行ったりして、五年前は結婚に前向きだったんす。あ、これ、ユーコっす」

差し出されたスマホの画面には、古めかしいフィルムタイプの一眼《いちがん》レフを構えた若い女が八重歯《やえば》を見せて笑っていた。この魅力的で自信にあふれた女性が福富大吉と並んでいる姿を想像しようとしたが、できなかった。

「きれいなひとですね」

「あ。疑ってるっしょ。こんな美人とボクみたいなのが結婚なんてありえないって」

福富大吉はムキになった。

「つきあってたのはホントっすよ。上北沢《かみきたざわ》あたりの不動産屋めぐりもしたし、名字がヤマモトから福富に変わったら運勢はどうなるのか、姓名判断の本とか一緒に立ち読みしたんすから」

私は口元まで運びかけていたカップを戻した。

「ちょっと待って。その彼女の名前……」

「だからユーコ。優しい子と書いて、山本優子」

3

山本優子から磯崎への手紙の消印は調布だった。福富大吉と中学の同級生だというなら、山本優子は調布市民だろう。ただ、手紙の山本優子と、五年前に消えた福富大吉の彼女が同一人物かどうか。齋藤弁護士の言うとおり、ありきたりな名前だ。

そう思いながらも、福富に教えられた山本優子の家を訪ねることにしたのは、母からまた電話が来たからだ。早く家に帰れ、いつまでわたしをひとりにしておく気かとなじられて、近くでもあり、一度は戻ろうかと思っていた気が失《う》せた。

五年前の床上浸水以来、母は繊細な自分の神経がやられたと思いこみ、やれ重いものが持てない、外に出られない、あっちが痛いこっちが苦しい、昼間ひとりで不安だと、まるで重病人気取りだ。そのせいで耐震工事、ホームエレベーターの設置、大量の防災用品と散財させられどおしなのに、さらに警備会社と契約しろと言い出している。これだけ備えたのだ、万一の際にはひとりで対処してもらいたい。

教えられたとおりに進むと、山本優子の家はすぐに見つかった。少し、福富を見直した。調布の道は藪《やぶ》知《し》らずといわれ、長く住んでいる私でも、道に迷うことがある。

広い家だった。道からは屋根しか見えないほど白く高い塀に囲まれているうえ、入口が巧妙にカムフラージュされていて、わかりにくいところに表札があった。塀の内側には糸杉らしい樹が塀よりも高くそびえ立っている。

城塞《じょうさい》、というありふれた感想を抱きながら周囲をひとまわりした。西側にまわったとき、あたりの景色に既視感《きしかん》を覚えた。

　なんだっけ……。

　二軒先に、今にも倒れそうな木造家屋があった。ぼさぼさで崩れかけた生け垣《いがき》、トタンの壁には変に立派に見える電気メーターがついている。山本邸とは対照的な代物だ。見覚えがあるのも道理、磯崎保の家だった。ワイドショーの画面や雑誌の誌面で何度となく目にしていたのだ。

　磯崎保はこの家で生まれた。幼い頃、母親が急死。それから父と子、ふたりだけの生活が続いた……磯崎が事件を起こすまで、五十年以上も。父親は河川《かせん》事務所に勤め、息子は建築会社で地道に働いていた。評判も悪くなかった。どちらも結婚しなかったのが不思議といえば不思議だが、周囲はあまり気にしていなかった。というよりそんなこと知らなかったようだ。

　東京の郊外の、ややへんぴな住宅街では、隣近所とのおつきあいといえば挨拶を交わす程度。境界争いとか、猫問題とか、大声あげての家庭内暴力とか、そういったよっぽどのことでもないかぎり、ご近所さんには無関心で通す。隣の家のおじさんが結婚しようがしまいが、興味ないのが普通だろう。

　しかし、目と鼻の先とは。

ことによると、あの山本優子はこの山本優子で、幼い頃から顔なじみだった磯崎保に彼女が味方している、あの手紙が書かれた理由は死刑囚グルーピーでもなんでもなく、ただそれだけ……かもしれなかった。

磯崎保の父親が死んでから、磯崎宅は無人になっているはずだ。現に電気メーターは止まり、敷地内には空き缶や煙草の吸《す》い殻《がら》が散乱している。茶色く変色した丸首シャツが、軒下にぶら下がったままになっていた。

気のせいか、異臭がしてくるような家だった。

「自殺した人が出たってだけで、いささか気味が悪いんだが、もっと現実的な怖さもありましてね」

山本優子の父親は高校を定年退職し、現在は公民館で書道を教えるボランティアをしていると言って名刺をくれた。自筆とおぼしき毛筆を印刷した名刺だった。大学でくずし字講座を受講しようとして挫折した私には〈山本忠信《ただのぶ》〉と読めたが、確認する勇気はなかった。

「地震も多いし、放火も珍しくない。あんな家、マッチ一本で簡単に燃え上がりますよ。早く取り壊して更地《さらち》にして欲しいと、近所の有志で市役所にかけ合ったんですが、らちがあきませんでした。いくら殺人犯でも、遺産めあてに親を殺した訳じゃないから、あの家屋と土地は磯崎保が相続したそうです。このあたりは交通の便がそれほどいいわけじゃないし、あんな上物《うわもの》が乗ってれば買い手がつくとも思えませんが、手放す努力くらいはして、被害者に賠償金を払うべきじゃありませんかねえ。そのあたり、本人はどう言ってるんです？」

「さあ。よろしければ、磯崎の弁護士をご紹介できます。ただし、刑事弁護士なので、家屋の処分についてなにかできるかどうかはわかりません。磯崎本人に話を通すことくらいはできると思いますが」

「そりゃありがたい。きっと、その弁護士さんなら磯崎の家に出入りできますよね」

「はあ、たぶん」

「よろしくお願いしますよ。あ、コーヒーをどうぞ」

山本忠信は血色のいい顔をほころばせた。門前払い覚悟でチャイムを鳴らした得体の知れないメディアの人間を、奥へ通してコーヒーのサーヴィスまでしてくれるとは、よほどの世間知らずか好人物、他人との会話に飢《う》えた寂しがり屋、さもなければなにか魂胆《こんたん》があるはず。いまのところ、忠信がどのカテゴリーに入るのか、見当もつかない。

私はコーヒーを味わいながら、周囲を見回した。

仕事柄、いわゆる豪邸におじゃまして、とんでもなく贅沢《ぜいたく》なリビングに通されることもまれではないが、この山本邸のリビングはこれまでに見てきたなかでも五本の指に入る広さだった。ただし、なにか中途半端な印象を受けた。

豪邸のリビングには二種類ある。モデルルームのようにセンスよく仕上げられたままの部屋と、そうしようとつとめたものの、暮らすうちに主《あるじ》一家の個性がはみ出してきて、生活感があふれてしまった部屋。後者の場合、子どものオモチャと、土産《みやげ》の民芸品と、親戚からお祝いにもらった油絵と、マッサージチェアが、高価なソファセットの隙間を埋め尽くしている。マッサージチェアに犬の毛だらけになったリラックマのバスタオルがかかっていれば、完璧だ。

山本邸のリビングにも、古くて立派な革のソファがあった。購入当初は数百万はしただろう。足下にはペルシャ絨毯《じゅうたん》。縁《ふち》がほつれてきているものの、密度の高い織《お》りの、これまた一級品だ。天井からはシャンデリア。クルミ材のディッシュ・クローゼット。三十年前の豪華を絵に描いたようなリビングだ。

しかし、それ以外にはなにもなかった。鉢植えも、時計も、骨董品もなにもかも。書道教室で教授をしているくらいなら、自筆の書くらい飾ってあっても不思議はないと思われるのに、玄関にも薄暗い廊下にも、家族写真一枚見あたらなかった。潔《いさぎよ》いほどすっきりした家なのに、部屋全体に湿った空気がよどんでいた。

「失礼ですが、いまはこちらにおひとりで？」

「三ヶ月前に母を亡くしましてね。ええ、いまはひとりです」

「つかぬことをお尋ねしますが、優子さんというお嬢さんがいらっしゃるとか。彼女は、いま、どこに？」

「なぜ、そんなことを訊くんですか。あなたは磯崎保の事件を調べてらっしゃるのでは？」

私は例の手紙のコピーを出して見せた。山本忠信は一瞬、ぎょっとしたような顔をして、さっと目を走らせ、太いため息をついた。

「お恥ずかしい話ですが、五年前に出て行って以来、優子とは音信不通です。死んだ母というのが、病気のせいもあって少々、気むずかしいところがありまして。最初に妻が息子をつれて出て行って、優子は母の世話をしてくれていたんですが、嵐の晩にぷいと出て行ってしまった……そう思ってました」

「と、おっしゃいますと」

「正直に申しますと、優子がいなくなったことで、母の世話はひとりですることになりました。母が死ぬまでの五年間、ゆっくりなにかを考える余裕もなかった。自分ひとりが背負い込むことになって、優子のことも、妻や息子のことも、恨《うら》んでいたのかもしれません」

山本忠信は引きつったような笑みを見せた。

「とにかく、娘がいなくなったというのに、心配もしなかった。日々の雑務に追われるだけで、精一杯だったんです。ですが、母が死んで、一段落すると、急に優子のことが思い出されてきた。福富くん、でしたっけ。家を出るなら彼と一緒だと思ってました。なのに一緒ではないし、妻にも連絡をとってみたのですが、五年前から優子とは会ってもいないし電話もないという。遅ればせながら、捜索願を出しにも行きました。警察の人にはイヤミを言われましたが、もしや身元不明の無縁仏になっているんじゃないかと思いまして」

「嵐の晩に出て行ったからですか?」

だからといって、いきなり死んでいる心配をするか。そんな思いが顔に出たと見えて、山本忠信はソファにもたれかかって、こちらをにらむように見た。

「そうじゃなくて……あなたは、磯崎保がなぜ事件を起こしたと思いますか」

「とおっしゃいますと」

「だからなぜ、ですよ。五十年以上も問題ひとつ起こしたことがない、薬物にもアルコールにも精神疾患《しっかん》にも無縁だった。それが、いきなり犬と女性をひき殺したのはなぜだと思いますか」

早朝まで飲みもしないのに同僚につきあい、家のごく近くに車を停め、帰宅せずに仮眠をとっていたあたりから察するに、磯崎にもいろいろとストレスがあったはずだ。おそらくは、父親が原因の。善悪の区別がつかなくなるほど心を病んでいたわけではないにしても、犬に吠えたてられたというようなささいなきっかけでたまりにたまった不満が爆発し、ぶち切れてしまった……そう考えることに、なんの不思議もない。

私がそう言うと、忠信は不満そうに首をかしげた。

「そうでしょうか。私には他になにかもっと明快な事情があったような気がするんです」

「なにがおっしゃりたいんでしょう」

「つまり、毒を食らわば皿まで、というか……」

わかるだろう、と言いたげな顔つきに、私は気づかないふりをした。忠信は歯切れ悪く言った。

「いや、つまりですね、優子は子どもの頃から磯崎の家には出入りしていました。知ってますか、あの家には地下室があるんです。磯崎保は写真をやるんで、暗室代わりに使ってたはずです。優子も写真が趣味で、そんなこともあって、磯崎とはそこそこ親しくしていたわけなんです」

近所に磯崎のような男がいたら、私なら娘を近づけたりしない。殺人を犯す前だろうと、後だろうと。

「地下室についてご存知ということは、あなたも磯崎家に出入りを？」

「いえ、娘から聞かされただけです。入ったことはありません」

「一度も？」

「はい」

山本忠信はなにかを期待するようにこちらを見た。私はなぜか、絶対に、この男の希望をかなえてやりたくないと思った。

「話は戻りますが」

私は手紙のコピーを指で示した。

「これを書いて娘さんの名前で送ってきたのは、山本さん、あなたですよね」

4

調べ物と依頼をいくつかすませ、齋藤弁護士の事務所にたどり着いたときには日が落ちかけていた。テレビドラマに出てきそうな、趣《おもむき》のあるタイル張りの、昭和初期風のビルの五階に、事務所はあった。エレベーターはなく、石造りの階段をあのふくよかな弁護士が毎日上り下りしているかと思ったら、こちらまで息が切れた。

齋藤弁護士は報告を聞いて目を丸くした。

「いったい全体、どういうことなんでしょうか、それは」

齋藤弁護士は窓を閉めようと奮闘しながら言った。風が強くなってきていた。丸い身体の齋藤弁護士が全体重をかけて窓を引き下ろそうとしているのに、なかなか閉まらない。上下スライド型の窓も今では珍しい。

「要するに山本忠信は、娘が磯崎保に殺されたんだと言いたいわけですよ」

「どういうことです。山本優子なんて被害者はいませんが」

「山本優子がまだ誰も知らない磯崎の最初の被害者だと、彼は必死に暗示していました。事件の前日、優子さんとの連絡がとだえた。磯崎は直後に事件を起こした。つまり、優子さんを殺してしまい、自暴自棄になった磯崎が大量殺人にいたったと、山本忠信は暗に主張しているんです」

「そんなバカな」

「そう思います？」

「思うに決まってるでしょう。たまたま失踪《しっそう》時期と磯崎事件が重なって、双方がご近所さんだったというだけで、どうしてそうなるかな。磯崎事件の前の日、あのあたりは台風で出水《でみず》があって、たいへんだったたんですよね」

「そうです」

私はわが家の惨状《さんじょう》を思い出してうなずいた。

「嵐の晩に出ていったんなら、マンホールにでも落ちて、そのまま増水した多摩川に流されたってほうがまだありうる。そうじゃありませんか」

「山本忠信はそう思ってほしくはないようでした」

「なぜです」

私は答えずに、事務員が運んできた茶をすすった。齋藤弁護士は苛立《いらだ》って、

「ともかく、五年もたってからそんなことを言い出すなんて、非常識じゃありませんか」

「言い出してはいませんよ。ほのめかしているだけです。だから娘の名前で磯崎に手紙を送るなんていう、まわりくどい方法をとったんです」

「わからないなあ」

ようやく窓を閉め終わると、齋藤弁護士は額《ひたい》に浮き出た汗をくしゃくしゃになったハンカチで拭った。

「あんな手紙で山本優子が殺されたことをどうやったら立証できるっていうんだろう。そもそも、死んでいるのか生きているのか、それすらわかってないんでしょう?」

「そうです」

「なのに娘は死んでいると」

「そこはゆるぎないみたいですね」

「おかしいんじゃないの、そのオヤジ」

すっかり地が出た齋藤弁護士に、私は笑いかけた。

「どうおかしいのか、ご興味ありますか」

私たちは磯崎保の家の前に立った。日が暮れて、風はますます強くなり、時折雨粒が頬をたたいてくる。木造腐りかけの磯崎家は、いまにもがらがらと崩れ落ちそうだった。

「私もどうかしている」

齋藤弁護士は鍵を取り出しながら、悪態《あくたい》をついた。

「ダイエットのしすぎで頭に血がまわってなかったんだ。ホントなら、いまごろはデパ地下で総菜買って、家に帰って乾いた服に着替えて、オットマンに足をのっけて、ショップチャンネルでも見てるとこなんだ。だいたい、なぜ私が痩せねばならんのだ。私は中肉中背だってんだ」

独《ひと》り言《ごと》をこぼすあいまに鍵が開いた。ドアを引き開けると、めくれかえったペンキがぱらぱらと落ちた。

覚悟していたほど、屋内は臭くなかった。私は懐中電灯をつけた。ネズミが走り回っているとか、カビだらけで床が傾いているとか、埃が堆積《たいせき》している——といったようなことはなかった。リフォーム番組にはこれよりもっと悲惨な住宅が登場する。長い間、人に住まわれていない家屋特有の、空虚《くうきょ》なにおいがするだけだった。

私は靴を脱いで、あがった。ぶつぶつ言いながらも齋藤弁護士も入ってきた。

「その右側が磯崎保の部屋だ。廊下を進んでつきあたりが茶の間。その右が父親の部屋だった。父親の部屋と磯崎保の部屋の間には納戸があります。水回りは全部左側にまとまってますよ」

「なぜ、ひそひそおっしゃるんです？」

「なんとなく。ていうか、懐中電灯のせいだ」

私は左手のドアを開けてみた。服を脱ぐのも一苦労のはずの狭い脱衣所に、つかったら最後、脱出にはトリックが必要になるんじゃないかと心配になるほどかわいらしい浴槽《よくそう》。

家全体を見て回るのに、五分とかからなかった。

「磯崎の父親は、どこで首を吊ったんですか」

「それなら外の物置ですよ」

齋藤弁護士はあっさり答え、奥を指さした。私は懐中電灯を照らしながら、茶の間を横切り、弁護士の指示にしたがって雨戸を開けた。長いこと開《あ》け閉《た》てしていなかったわりに、雨戸はスムーズに開いた。

庭に、トタン囲いの低い小屋のようなものがあった。裏の家からの明かりに浮かび上がっているそれは、ちょっと見には立派な犬小屋に見えた。

「あの下の土を三メートルほど掘り下げて、四畳間くらいのスペースが作られてるんです。建築会社に勤めていた磯崎が休みの日と職場の廃材を利用してコツコツ作ったんで、見た目よりも中はしっかりできてますよ。だから父親も首吊りに利用したんだろうけどね。縄をかけるのに頃合いの横木もあったことだし」

「しかし、あんな場所で首を吊ったのに、よくすぐに見つかりましたね」

「戸が開けっ放しだったからね。約束があって訪ねてみたら、玄関の鍵もかかっていなかった」

「ということは、父親の自殺体を発見したのは齋藤先生でしたか」

「そういうこと」

齋藤弁護士は煙草を取り出して、強風の中で苦労して火をつけた。

「磯崎が父親に虐待されていたって上申書を提出したのは知ってますか」

「はい」

「ホントの話ですよ」

弁護士は煙を吐き出しながら、言った。

「言い訳ついでの嘘に聞こえるだろうけど、正真正銘真実です。あれ、見えますか」

指さされたほうに光を向けると、柱が見えた。下の方にひどくはっきりした傷が残されている。

「磯崎は子どもの頃からたびたびあの柱に縛りつけられていた。納戸に閉じこめられて、食事を与えられず、殴られたり蹴られたり、そんなことが何年も続いた。母親の急死というのも、どうやら父親によるDVが原因だったようですね。その恐怖から、長じても磯崎は父親に隷属《れいぞく》していた。父親はことあるごとに磯崎をいびり、責めた。磯崎は父親に言い訳して、言い訳して、言い訳して、暴力をやり過ごし、生き延びた」

齋藤弁護士は携帯灰皿に吸い殻を押し込んだ。

「今朝、お話ししたように、磯崎保は極刑でもやむをえないと思ってます。それでも、あの男が最悪の人生に閉じこめられて、怯え、人の顔色をうかがい、息をひそめ、身を縮めて生きてきたのは事実です。それに、どんな悪党で、社会のクズで、最低の人間でも、やってもいないことで責められるのは間違ってます」

「おっしゃるとおりですね」

「じゃ、いいかげん、山本忠信がなぜ娘を磯崎保に殺されたと言い張っている……いえ、ほのめかしているのか、その理由を教えてもらえませんかね」

「あの中を見れば、わかるんじゃないかと思うんです」

私は物置を指さした。齋藤弁護士はうんざりしたようなため息をついた。

「雨、強くなってきてますよ」

「また出直すというのも面倒でしょう」

私は玄関にとって返し、パンプスと革靴をとってきた。齋藤弁護士はさらに口の中で悪態をつきながらも、ついてきた。

戸には小さな南京錠《なんきんじょう》がついていて、一瞬ひやりとしたが、観音開きの一方にだけついていたので錠としての役割をはたしていなかった。何度か力任せに引っ張ると、戸はやがてきしみながら開いた。

肩越しに中をのぞきこんだ齋藤弁護士が、うぐっと言って後ずさった。ここにはイヤな臭いが充満《じゅうまん》していた。人間の自己防衛本能を刺激する、あからさまに恐ろしい臭いが。

私は生唾《なまつば》を飲み込みながら、懐中電灯であたりを照らした。手作りらしい、質素なデスクと中央の太い柱、カメラが数点、引き延ばされた写真。片隅には大きな衣装ケースがあった。

それしか考えられなかった。

迷っていては、ますます身体が動かなくなりそうだった。私は懐中電灯を齋藤弁護士に渡すと、思いきって中に飛び込み、階段を駆け下り、衣装ケースに飛びついて、蓋を開けた……。

止まらない悲鳴、止まった思考、実物は予想よりおぞましかった。茫然《ぼうぜん》とする私の目を、まばゆい光が射た。

「こら、あんたらなにやってるんだ。……なに？　あんたこそって、なんだ。怪しい男女がこの家に入り込んだという通報を受けて来たんだ。ここでなにをしてるのか、答えてみろ」

いまどきの警察官が、これほど頭ごなしに怒鳴るのは珍しい。にもかかわらず、その怒声をありがたいと思ってしまうのはどうなんだろう、と思いつつ、私は身体をずらして衣装ケースの中の死体を警官に見せた。

5

台風が来るまでまる一日以上もあるはずなのに、パトカーから警察署に駆け込む間にずぶ濡れになった。

会議室に通され、廊下で買ってきた温かい飲み物をすすり、人心地《ひとごこち》がついた。しかし、それから待たされた。齋藤弁護士は居眠りを始め、私は南治彦に連絡して簡単に事情を説明した。南は興奮していた。すぐ行くと繰り返した。来るなと説得しなくてはならなかった。

やっとのことで電話を切ったとき、会議室の扉が開いた。山本忠信が目を輝かせて駆け込んできた。

「いやあ、ありがとうありがとう」

彼は私の手を握って、上下に強く振った。

「これで優子も浮かばれます。あなたなら調べてくれると思ってたんだ。あんな手紙を送りつけて、ご迷惑をかけて、申し訳なかったかもしれないが、心から感謝します」

私は目をさました齋藤弁護士を忠信に紹介した。忠信はなおもしつこく謝辞をまくした て、弁護士の手も握ろうとした。齋藤弁護士はあからさまにイヤな顔をして手を引いた。

「死体は骨になってたのに、よくお嬢さんのものだってわかりましたね」

「ああ、優子は八重歯でしたから。たとえ、骨になっていたって実の父親ですから、あれを見ればわかりますよ。それにしても、思った通りでした。優子が磯崎に殺されていたとはね」

「それはないですね」

私はそっけなく答えた。山本忠信の笑顔が凍《こお》りついた。

「……いま、なんと？」

「優子さんを殺したのは磯崎保ではありません」

「ですが、優子は磯崎の家で見つかったんですよ」

「山本さん、あなた、あの家に地下室があると、私にふきこみましたよね。まるで地下室を調べろと言わんばかりに。最初から、優子さんの死体があそこにあること、ご存知だったんじゃありませんか」

人の顔が赤くなったり青くなったりする、という表現を陳腐《ちんぷ》な小説で目にしたことがあるが、実物は初めて見た。山本忠信は真っ青になって、唾を飛ばした。

「あんた、失敬だな。知っていたら、自分で乗り込んでましたよ」

「第三者に見つけさせたかったんですよね。あなたが見つけたのでは意味がない。だから山本優子の名前で手紙を書いた。あれは磯崎保に読ませたかったわけではなく、ここにいる齋藤弁護士に読ませたかったんでしょう。日本中を敵に回した磯崎保を応援するような手紙を書くのは誰か、興味を持たせたかった。自分のところにたどり着いてくれたら、誘導して、磯崎保の家を調べさせる。そして、死体を発見させる、というのがあなたが書いた筋書きだった。まあ、途中まではうまく行ったわけですが、あなたの誘導、わざとらしすぎましたよ。だから、いろいろ調べたんです」

　忠信のこめかみがぴくぴくと波打った。

「あなた、お金に困っているみたいですね。お母さんの治療費に大金を払い続けた上、そのお母さんが亡くなって家土地の相続税を支払ったら、ほとんどなにも残らなかったそうじゃないですか。一方で、娘さんには生命保険をかけていた。自動引き落としで五年間、そのままになっていたのを思い出した。五千万というのは、実の子にかける保険金として問題になるほど多くはないが、あればありがたい金額だ。でも、受け取るためには娘さんが死んだという証拠が必要になる。五年前に捜索願を出しておくべきでしたね」

　忠信の背後の扉がゆっくりと開き、磯崎家で顔をあわせた刑事が三人、音もなく室内に滑り込んできた。私は見ないふりで続けた。

「そうしておけば、どこかもっと差《さ》し障《さわ》りのない場所に死体を遺棄できたんですけどね。五年目にしてようやく捜索願が出たと思ったら、すぐに娘さんが死体で見つかった。これじゃあなたがまっさきに疑われるし、保険のことも調べられる。だから、ない知恵を絞って、近所の殺人鬼のしわざってことにしようとした。でも、それ、大まちがいでした」

「どこが」

山本忠信の喉が、そう聞こえるように鳴った。

「あのですね、あの家に地下室はないんです。あれは物置です。地面を掘って作ってあるから、あなたはあれを地下室と勘違いしたんですね。そして、報道されたように、磯崎保の父親は物置で首を吊ったんです。わかりますか？　もし優子さんが磯崎に殺されていたとしたら、あんな場所に死体があるわけがない。首吊り自殺の現場になったときに、警察が調べたんだから」

私はあらためて山本忠信に向き直った。

「優子さんは磯崎保に殺されてはいない。では、誰に殺されたのか。答えは簡単ですよね。五年前、家を出て行こうとした優子さんに強い怒りを覚えた人物、周囲には家出したと言いつくろっていた人物、行方不明になっても捜索願を出さなかった人物、死体を移動した人物。つまり、あなただ」

山本忠信はぽかんとして、私と齋藤弁護士を交互に見た。それから、やにわに大きく手を振った。

「や、それは違う。違います。私が殺したんじゃありません」

「じゃあ、誰がやったと言うんですか」

「母です。といいますか、あれは事故だったんです」

山本忠信は唾を飛ばしながら言った。

「台風だっていうのに、優子は母をひとりで置いて出かけようとしたんです。信じられますか、母は車椅子だったんですよ。そんな母をひとり残して、彼氏のとこへ行くって。それで、母は怒って、ひどく怒って、ホームエレベーターから下りてきた優子に車椅子をぶつけて、そしたら優子が倒れて頭を打って。私は出かけていたし、車椅子の母は優子を放っておくしかなくて、エレベーターは地下に下りてしまって、そこに床上浸水が」

山本忠信は床にへたり込んだ。長い沈黙ののち、齋藤弁護士がつぶやいた。

「なんで警察に届けなかったんですか。そういうことなら台風のときの不幸な事故で片付いたかもしれないのに」

「表沙汰にするわけにはいかないじゃないですか。母は悪くありません。それに自分勝手な娘に葬式なんか出してやることはない、死んだのも自業自得なんだから警察にも届けることなんかないって、母が。おまえは年老いた母親を警察に引き渡すのかって、母が。だから、そのまま、そのまま庭に」

腰が抜けてしまったような山本忠信を、ふたりの刑事が抱え上げるようにして部屋から連れ出していった。残った刑事は簡単に礼を述べ、名刺を出して私と弁護士に一枚ずつくれた。私たちも名刺を差し出した。

野副《のぞえ》という四十年配のその刑事は、顔をしかめて言った。

「ああは言ってますが、検視官の話じゃ、発見された白骨死体にはずいぶんたくさんの骨折が見られるそうですよ。死後折れたのかもしれませんが、生前のだとすると、車椅子のばあさんが若い娘さんを、そこまで痛めつけることができたかどうか、疑問ですな」

山本邸の広いリビングを思い返していた。車椅子を通りやすくするために、あんな殺風景な部屋になってしまったのか。それだけだろうか。

私は自宅を思い浮かべた。母は地震を理由に、高いところにあったものをすべて撤去してしまった。私が大切にしていたものを。かけがえのないものを。

ぼんやりと周囲を見回した。野副刑事と齋藤弁護士の会話がとぎれとぎれに耳に入ってきた。弁護士さん、このお名前はなんとお読みするんです。カホですわよ。齋藤果穂《かほ》、美しいお名前ですなあ。

私は自分の履いている革靴を見おろした。水を吸って縮んでしまった革靴。以前は娘がよくこの靴をみがいてくれたものだった。母が妻と娘を追い出してしまうまでは。

床上浸水にあって、カビくさくなった家に母は固執《こしつ》した。お父様の建てた家なんだから、長男のあなたが継ぐべきでしょう。だいたい、わたしが怖くて家から出られないの、知ってるじゃないの。

浸水が原因だったのか、娘は喘息《ぜんそく》になった。母はそれを自分に対する嫌がらせと受け取った。妻と娘は家を離れざるをえなくなった。私も一緒に出て行きたかった。実際、一度は出て行った。母はヒステリーを起こした。一日に何十回もメールをよこした。誰が自分の面倒をみるのか、と。ひとりではいられない繊細なわたしを見捨てるなんて許さない、だいたいどうやって生活しろと言うの、怖くて家から出られないのに。親戚や市役所に電話をして、息子夫婦が自分を見捨てた、餓死《がし》するとわめきたてた。

戻らざるをえなかった。落ちてきたら危ないからと、娘の絵も、妻と一緒に選んだ掛時計も、なにもかもはずされた家に。休まることなどない、悪夢の箱に。

ホームエレベーターで、溺死《できし》。

いいことを聞いた……。

警察署の廊下を歩いていくと、テレビの画面が目に入った。天気図だった。日本列島に、これまでに見たこともないほど大きな円が、近づいてきていた。

# 幸せの家

1

「それじゃ今度は、こちらの茶簞笥《ちゃだんす》を撮らせていただきます。すてきな茶簞笥ですね。趣《おもむき》があって」

磨《す》りガラスを入れた古い木製の簞笥を前にそう言うと、松原《まつばら》さやかは頰を赤くした。

「お目にとまって嬉しいです。実はこれ、茶簞笥じゃなくて、大正時代に使われていた本棚だったんです。古いものだから、扉を開け閉めするときだいぶ不安な音をたてるようになってしまって……。もう捨てようかなとも思うんですけどね、思い入れがあって、捨てられなくて」

「どなたかご家族の持ち物だったんですか」

「物置にしまい込まれていたのを、気に入って引っ張り出してきたんです」

簞笥の上部には、ベトナムやアフリカの籠《かご》が並んでいた。籠の中にはスーパーでもらってきた袋や武蔵野《むさしの》市の専用ゴミ袋などが収納され、刺し子の布でカバーされている。簞笥の中には益子焼《ましこやき》の皿や小鉢などの、普段使いの陶器がセンス良く配置されていて、わたしはこっそりため息をついた。

よかった。誌面的にもなんとかなりそうだ。

そう思ったのが顔に出たらしく、写真を撮っていた南治彦がちらりとこっちを見て、鼻を鳴らした。腹が立つ。

「それにしても、編集長さんにおいでいただけなかったのは残念ですわ。いえ、別にあなたがどうだというんではないんですけど……。メールでずいぶんやりとりさせていただいていたから、直接お会いしてお話しできるの、楽しみにしていたんです。お身体、そんなにお悪いんですか」

松原さやかは伊賀焼《いがやき》の土鍋を古いケヤキのテーブルに載せて、湯気《ゆげ》で曇った眼鏡を拭《ふ》きながら、心配そうに言った。手羽先でだしをとった水餃子《すいぎょうざ》の鍋。ありふれているが、梅の花の形に抜いたニンジンや水菜、ぷりぷりの水餃子にラー油を添えているから色とりどりで、誌面も華やぐだろう。

そんなことを考えていたから、返事が遅れた。松原さやかと南治彦の視線を感じてようやく我に返り、わたしは慌ててつぶやいた。

「ええ、まあ」

お悪いといえばこのうえなくお悪いということに、なるんだと思う。

「おいしそうな水餃子ですね。これは、皮から手作りなんですね」

メモをとるふりをして話をそらすと、幸いにして松原さやかはすぐに鍋自慢を始めた。

「皮は国産の地粉《じごな》を取り寄せて手作りしています。面倒なときは近所の自然食品店で売っているできあいの皮を買ってきて、二枚重ねで使うときもありますけど。鍋って手軽で、栄養のバランスがとれているのがいいと思いませんか」

使えるフレーズだ。キャッチコピーはこれでいこう。

「それに全世代向けの食事がいっぺんに作れるのもいいと思うんです。子どもも喜びますし、やわらかく煮込めば母も食べられますし」

母？　大急ぎで、松原さやかのデータを思い起こした。七歳の娘がいるシングルマザー。五年前に離婚して、二年前には八十歳を超えて介護が必要となった母親の住む実家に移り住んだ。この実家のガレージを改装して作った店で、小さなカフェを営《いとな》み始めたばかり。

住宅街の真ん中にある店で、定休日だという今日は客の入りなど確かめようもなかったが、大入り満員ということもないだろう。ただし敷地内に〈松原ハウス〉というアパートがあった。家賃収入と母親の年金だけで、じゅうぶん暮らせる身分なのかもしれない。

南の視線に気づいて、わたしはぎこちなく咳払《せきばら》いをした。

「そうだ、お母さまがいらしたんですね。あとでご挨拶させてください」

そう言うと、松原さやかはエアコンの作動音が響いてくる天井を見上げて、笑って手を振った。

「いえ、もう頭がはっきりしていないんです。そのくせ見た目を気にするタチで、いきなり他人に会わせたりすると機嫌が悪くなるんです。母のことは気にしないでください」

きっぱりした口調だった。ひきさがらざるを得なかった。

鍋特集ではあったが、外観とカフェ、一階にあるキッチンやリビング、タイルが古風なお風呂や子ども部屋、松原さやかの書斎もついでに撮影し、見開き六頁分のめどはたった。謝礼はオリジナルの手ぬぐいだけなのに、松原さやかはわたしたちの取材に協力的だった。

「一階部分は全部見せてくれたよな。二階は取材拒否だったけど」

次の取材先に向かう道すがら、南が言った。

「なんていうか、古民家一歩手前って感じの家でしたね」

「でかいけど、ボロ家《や》って感じの家だったよ。エアコンの振動で崩れるんじゃないかと思った」

南治彦は赤信号で停止すると、つぶやいた。きちんと掃除され、本物の木の床が磨かれて光っていて、漆喰《しっくい》も塗り直され、細かいところまで手を入れて丁寧に住まわれている家で、これぞまさしくうちの雑誌の愛読者の理想の住まい、という感じだったけれど、たぶん世間の多くのひとたちはボロ家と呼ぶんだろうと思う。

だからどうした。わたしは好きだ。ああいう家。

「吉祥寺《きちじょうじ》であの広さだから売ればけっこうするんだろうけど、地震があれば倒壊しそうだし、冬は寒いよな。若いうちはいいけど、寝たきりの年寄りには辛《つら》そうだ。売り払ってマンションにでも引っ越せばいいのに」

「ああいうのがあこがれなんですよ」

「なんだ、あんたんちもボロ家?」

「ええ、まあ。四年前に母が死んで、いまはひとり暮らしですけどね」

古い一軒家を大切に手入れしながら住む喜びは、合理性にまさる。美浦《みうら》編集長がかつて雑誌に載せた一文で、わたしの座右の銘でもある。けさも早起きして木の床に雑巾《ぞうきん》をかけ、玄関から庭を掃《は》き清めて水を打ってきた。枝折《しお》り戸《ど》がシロアリに食われたり、ネズミが出たり、庭木の手入れも必要だし、面倒くさくなることがないわけではないが、そうしていると心の底から喜びを感じる。

「若い女が古い一軒家にひとり住まいか。痴漢や空き巣や首都直下がきたら、マズイんじゃないの?」

「うちの話はいいですよ。そんなことより、松原さやかはリストから
「はずせないな」

次の目的地は、国分寺《こくぶんじ》と国立《くにたち》の境にあった。出迎えてくれたのは「美浦メモ」にあったふたり目の愛読者で料理が趣味の主婦、石野恵実《いしのえみ》だ。都内で輸入代理業を営む夫と中学生の息子がいる。こちらの家は新築して半年、隣家からも距離があるゆったりとした造りで、プロヴァンス風とでもいうのだろうか、煉瓦と白壁の洋館だった。

「子どもができるまでは夫婦でよく旅行しましたのよ。主にヨーロッパです。あちらの家ってステキでしょう。わたくしたちドライブ中に見かけた家を写真に撮っておきましてね、建築家の方にはそれを見せて、この家をデザインしていただきました」

「ご夫婦でドライブが趣味なんてうらやましいですね」

そのわりには車スペースがなかったけど、と思いながら尋ねると、石野恵実は顔を曇らせて、

「昔、ちょっと事故がありまして。以来怖くて車の運転はふたりともやめました。東京に住んでいれば車はいりませんよね。歩いた方が健康にいいし、よけいなお金もかからないし。——そんなことより、ここ見てください。階段下のデッドスペースをこんなふうにしつらえました」

我が家を自慢したくてしかたがない彼女に連れられて、家中くまなく見て歩くことにな

った。フランスに旅行したとき買った壺だの、スウェーデンのノミの市で見つけた織物だの、あらゆるものの由来をしゃべりまくりながら子ども部屋からトイレの中まで案内された。すてきなお宅、と言えなくもないが、ときどきヘンなところにヘンなものが落ちていて——気づかないふりをしたが、たぶん、ダンナさんの靴下だったんだろうと思う——何度か踏みつけては滑って転びそうになった。

このぶんだと披露される鍋料理はヨーロッパ風か、と思ったのに、いろんなスパイスで味付けしたモンゴル風羊肉《ようにく》の鍋だった。鉄製の頑丈そうな鍋に、真っ赤《まか》な汁、というのも絵的には面白いかもしれない。

しかし、この鍋は辛《から》かった。中国山椒《さんしょう》や唐辛子の粉を吸い込んで何度も咳き込んだが、石野恵実はスパイスの効能を述べ立てるのに夢中で、水の一杯も出してはくれなかった。まあ、確かに血のめぐりはよくなったような気がする。

石野恵実は平然と鍋をかきこみながら、こちらの質問にぺらぺらと答えた。夫の両親は十年前に他界、自分の母親は健在で北海道の兄と同居している。北海道の雑貨ですか？さあ、あんまり実家には帰らないもので。

ようやくティータイムになって、香港の骨董屋で手に入れたとかいうノリタケのデッドストックの茶器でお茶にありついた。ヨーロッパ在住のお友だちからレシピを教えてもらったというお手製のチョコレート菓子は、こってりしていて美味《うま》かった。とにかく四頁はじゅうぶんに埋められるだろう。

取材を終えて、駐車場に停めた南の車に戻ったときには、日はとっぷりと暮れていた。

「で、どう思います？　石野恵実はリストからはずしてもいいんじゃないですか」

わたしは自動販売機で買ったペットボトルの水を一気のみして、南治彦に尋ねた。

「少なくともあの家に年寄りはいない。あの奥さんが振り込め詐欺の片棒担ぐとは考えられないもんな。昔の車の事故ってのが気にはなるけどね。事故にあった、じゃなくて、事故があった、って言ってたとこみると、石野夫婦は加害者なんだろう。それと、先週の水曜日は息子の誕生日らしい。カレンダーに書いてあった」

「つまり、リストからは消していい？」

「ああ」

南治彦は指を組み合わせた。わたしは取材ノートの最後の頁を開き、石野恵実の名前を赤いサインペンで消した。

「ほんとにこの中にいるんですかね」

松原さやか、それに明日まわる予定の桂《かつら》夏弥《かや》、一堂《いちどう》みかげ。

残り三人になったリストを眺めて、言った。南治彦が大きくため息をついて、ノートを奪った。

「何度も検討したろ。いるさ。この中に。美浦節子《せつこ》編集長に脅されて、彼女を殺した人間が」

2

わたしが勤める〈きせつとくらし社〉は社員数が十八人の、俳句や短歌、お茶お花関連の専門書を主に扱っている地味な出版社だ。看板雑誌のひとつが「Cozy Life」というライフスタイル雑誌で、公称四万部。

料理や器、住居に衣服、雑貨、家具、主として和風で、アンティークではなくブロカント系の品物や暮らしぶりを扱った季刊誌。キャッチフレーズは「人間らしい、まともな暮らし」——といえば、だいたいどんな雑誌か見当がつくだろう。そう、リネンとかコットンとか、陶器とか素材を活かした料理とか、お祖母さんが使っていた鍋とか、刺し子とか大正時代の本棚とか、そういった類の天然素材系、ナチュラル系の生活雑貨などが誌面を飾る、あの手の雑誌だ。

大儲けできているというほどではないが、競合する雑誌が多いわりにしぶとく生き延びている。紙の質を落とし、美浦節子編集長が自分の一眼で撮った写真を多用し、誌面も自らデザインし、読者を多く誌面に登場させて取材謝礼を節約するなど、経費をできるかぎり削った節約雑誌だが、読むとけっこう面白い。

その最大の理由は美浦編集長のユーモアあふれる文章だろう。編集長が雑誌の記事を自ら書くなんてことはあまりないと思うが、彼女は取材に行って、写真を撮り、文章も書く。社内では「Cozy Life」を「美浦節子おひとりさま雑誌」とやゆするムキもある。

とはいえ、きちんと仕事をして、ちゃんと成果をあげているし、なにより社長夫人が美浦編集長のファンだそうで、いわば別格扱いだった。

のだが。

数日前、社長に呼ばれた。我が社は自社ビルだが、社長室がない。正確には最上階の五階にあることはあるのだが、前の東京オリンピックのときに建てられた、古いのを通り越して凶器になるくらい迷惑な鉄筋のビルだから、例の地震の時に社長は死ぬかと思ったらしい。もともとは守衛室だった狭い部屋に下りてきて、以来、腰を据えている。

守衛室の受付の小窓から社長は首を出していた。威厳がないことおびただしい。

「節子くんが失踪したって話は知ってる？」

丸顔を困ったように曇らせて、社長は切り出した。

「この数日、連絡がつかないって話なら聞いてますけど」

「ケータイにも出ないし、取材をすっぽかして先方からお怒りの電話もあった。先週の水曜日に社を出て以来だから、もう五日だよ。節子くんにしては珍しい、というよりこれまでこんなことはなかったんだよね。きみ、なにか聞いてない？」

これには面食らった。

「そんな、美浦さんとわたしは、世間話するような間柄じゃないですよ」

「でも、『Cozy Life』の仕事をよく手伝っていたじゃないか。節子くんはあの雑誌の仕事を任せられる人間なんて、きみとライターの……なんて言ったっけね」

社長の脇に、亡霊のように控えていた総務の柴槙子《しばまきこ》に尋ねた。

「南治彦ですね」

「そう、その南くん。くらいなもんなんだって言ってたんだよね。なにか、知らないかな」

わたしはふだん、中高生を対象とした俳句や短歌の本を担当している。もちろん小さな会社のことだから助け合うこともあり、これまでにも何度か「Cozy Life」に原稿を書かされたことがある。たいていは読者プレゼントやイベント情報といった、誰にでも書けるような箇所だったが、夏号では自宅のほぼ目の前にある神社で開かれた骨董市の原稿を、秋号では都内に新しくオープンした雑貨店三店舗の取材原稿を書かされた。美浦編集長は文章にめちゃくちゃうるさい、という前評判にびくびくしつつ提出した原稿は、ほぼそのまま掲載された。

とはいえ、特にほめてもらえたわけでもない。もちろん、一緒に仕事をしていれば多少雑談はするけれども、節子さまとあがめられる経験豊富な五十三歳の大先輩と、三年前に中途採用された三十歳のわたしでは、話がはずむというわけにもいかなかった。

「彼女はきみを高く評価していたようなんだがね」

「わたしを、ですか」

わたしはびっくりした。驚きが顔に出たようで、社長は苦笑すると、

「節子くんはなんというか、ワンマン・アーミーだからね。自分にも他人にも厳しいところがある。けど、将来きみを『Cozy Life』の人員としてもらいたい、と言っていた。きみは文章もリサーチもうまいし、あの雑誌の読者にも受け入れられるだろうってね」

わたしも苦笑するところだった。本日のわたしのファッションは髪を真上でひっつめにし、白いコットンのノースリーブに麻のカーディガン、ブリティッシュ・チェックのロングスカート。出社したときは北欧のメーカーの使い込んだ布バッグをさげ、今は冷房除《よ》けに手染めのストールを首に巻いていた。「Cozy Life」のファンにしか見えないスタイルだ

と、自分でも思う。まあ、この会社に入社した動機は「Cozy Life」への憧れだったのだが。

「ともかくだ。節子くんはひとり暮らしだから、部屋で倒れているのかもしれないとこの柴くんに様子を見に行ってもらった。万一に備えて、自宅の鍵をうちの総務で預かっていたんでね」

「新宿御苑《しんじゅくぎょえん》のマンションでしたっけ」

「そうだ。部屋に彼女はいなかったし、ふだん彼女がバッグに入れて持ち歩いているノートパソコンやケータイも見あたらなかった。事故にでも巻き込まれたのかと警察に調べてもらったが、それらしい行き倒れはいなかった」

「夏休みがほしくなって、発作的に海にでも行ったんじゃないですか」

「だとしても連絡くらい入れるだろう。秋号を出したばかりなんだ、休暇も溜まってるし、十日くらい休みますと言われても誰も驚かない」

社長は眉間にしわを寄せた。

「節子くんには、身内らしい身内はいない。ここまでくると本格的に捜索願を出すべきだろうが、大のオトナが行方不明になったところで警察は捜しちゃくれない。そこで、だ。きみ、捜してくれないか」

「はあ?」

わたしはうろたえて社長を見、柴慎子を見た。

「わたしが、ですか?」

「幸い、といっていいかどうかはわからないけど、秋号が出てまだ二週間だ。それでも十一月発売予定の冬号の準備を、そろそろ始めなくちゃならない。きみには節子くんを捜しがてら、『Cozy Life』の準備も始めておいてもらいたいんだ。あ、きみの上司には了承してもらってるから」

「待ってください」

「他にいないんだよ、『Cozy Life』を担当できる人間は、きみしかいない。ま、いざとなったら社長の私が出張るから。頼むよ」

社長は媚《こ》びるようにわたしを見たが、編集長の留守に勝手にことを運んで、戻ってきた彼女にぶっ飛ばされる人間はきみしかいない、と言っているようにしか聞こえなかった。

押し問答を繰り返したが、最後は引き受けざるを得なかった。貧乏くじを引かされる、とはこのことだ。

ぐったりしてデスクに戻り、やりかけの仕事を他の人間に肩代わりしてもらい、上司や同僚から同情とも嫉妬ともつかない言葉をかけられて、節子さまの部屋に向かった。三階にある六畳ほどの一室が「Cozy Life」の編集部ということになっている。

何十年か前までは仮眠室だったとかで、なぜか押入がついた部屋だ。その押入も五つある本棚も、いくつかある収納書棚の上も、すべてが紙資料で埋め尽くされていた。

それでもデスクの上にはiMacが鎮座していた。誌面デザインはこれでおこなっていたのをわたしも見ている。近寄りかけたとき、声がした。

「そいつのなかには、過去の誌面データしか入ってなかったよ」

部屋の隅に黒いソファがあった。木の肘掛けのついた、「Cozy Life」でよくとりあげる有名な家具メーカーのデッドストック商品だが、そこに男がひとり座って、資料を選《え》り分けているところだった。

「秋号のデザインデータなんて役にはたたない。むしろノートパソコンもケータイもないってのがイタイね」

男はこちらを見もせずに言った。

「節子さまは取材予定や原稿とか取材メモとか、そういったことを全部ノートパソコンで処理してたから。ま、この紙の山にも手掛かりはあるけど」

「あのう」

「あ、オレ、南治彦。ライターやってる」

先刻話に出た「Cozy Life」のライターと知って、驚いた。南治彦は何年着ているのかわからないほどくたびれたカーキ色のジャケットにジーンズという服装で、妙につるんとした白い肌をしていた。年齢はわたしより少し上、だろうか。どちらかといえば、女性向けライフスタイル雑誌より、エロ写真メインのオヤジ雑誌の専属ライターが似合っている。

「節子さま捜しと冬号の件、オレも社長に頼まれたんだ。きみひとりじゃ荷が重すぎるだろうからってね。あ、特技は写真撮影と文体模写だから。いかにも節子さまが書きそうな文章、でっち上げるのが得意でね。フォトショップも使いなれてる。急場の役には立つと思うよ。よろしく」

わたしは慌てて最敬礼した。南治彦はこの緊急事態をむしろ楽しんでいるように見えた。

「手掛かりってなんですか」

「え？」

「いまさっき、手掛かりって」

「ああ。節子さまの行方についての手掛かりじゃないよ。次号の内容についての手掛かり」

先日発売された秋号の最後に、冬号の予告が載っていた。メインはコート・スタイルの特集。サブは自慢の鍋特集。他にも重ね着の極意、冷えとり靴下、北欧の冬の過ごし方、インテリアにワンポイントの暖かさ、乾燥肌対策のボディミルク対決、などなど。

「すごいよね。これ、次号の構成だよ」

南治彦から渡された紙の束は割付《わりつけ》――表紙から裏表紙まで、写真の大きさから文字の種類、原稿の文字数、キャッチコピーから広告まで、どんな雑誌、どんな誌面になるかの設計図が、八十頁にわたってほとんど完全に書き込まれていた。

「節子さまがアナログタイプで助かった。いまどき紙で割付って珍しいもんな。普通ならパソコンとともにどっかに消えてるトコだ。ともかく、あとは取材して写真撮って、原稿書くだけ。これなら節子さま抜きでもなんとかなるんじゃないか。なあ」

南治彦の言うとおりだった。割付には取材相手の名前や、プロのカメラマンに発注する頁にはそのカメラマンの名前、スタイリスト、モデルを使う場合はその名前、外部発注する頁はそのプロダクションまで指定してある。少なくとも冬号は、節子さまの思った通りに出せるだろう。

「それにしても、ほとんどひとりで雑誌を出してたなんて、ていうかこんな早くにもう次号の誌面の割付すませてただなんて、節子さまってホント、化け物だね」

「ですね」

ほっとしたせいか、思わず同意してしまって慌てたが、南治彦は気にする様子もなく笑った。

「ここに指定してあるひとたちには、どうやって連絡したらいいんでしょうか。もう、美浦編集長がお願いしてあるのかな」

「ご本尊《ほんぞん》が入院してることにでもして、確認してみれば」

部屋を探し回ると、デスクの抽斗《ひきだし》から古いアドレス帳が見つかった。めくると外部発注する予定の編集プロダクション〈古賀《こが》クリエイト〉の名前が出てきた。ずいぶん以前からの知り合いとみえる。ひょっとすると、節子さまの行方についてもなにか知っているかもしれない。デスクの固定電話を使って連絡してみることにした。ずいぶん待たされた末、先方が出た。

「こら美浦。また、ひとをただでこき使うつもりか」

名乗るまもなく、脳天に突き刺さるような女の怒鳴り声が響いてきた。

「冗談じゃないよ、こっちにだってね、生活ってもんがあるの。もう二年も言うこと聞いてきたじゃないか。これ以上、絶対に、ただ働きなんかしてやんないんだから。仕事してほしけりゃね、ギャラの横取りなんかいい加減やめろっての。子どもの自転車のひき逃げくらいで、いつまでもひとを拘束《こうそく》してんじゃねえ。殺されたいかこのバカ女」

「あ、あのう」

やっと声が出せるようになって、わたしは言った。先方は押し黙ってから言った。

「なに、美浦じゃないの？」

「違います。ええと」

電話が切れた。南治彦が表情の読みとりにくい細い目をこちらに向けた。

「どうしたの」

「どうしたもこうしたも」

説明しようとして、わたしは黙った。

……自転車のひき逃げ？

3

その夕方、わたしたちは節子さまのマンションに行った。会社から徒歩で二十分、新宿御苑を見おろす古いマンションの七階のいちばん奥にある部屋に入り、わたしはがっかりした。

「Cozy Life」の編集長なんだから、すてきなインテリアや雑貨で飾られた部屋に住んでいるものと思いこんでいたのに、編集部そっくりの、雑然とした部屋だったからだ。汚部《おべ》屋《や》というほどではないが、いたるところに本が積まれ、ベッドの上には衣類が散乱し、キッチンのゴミ箱の中身はビールの空き缶とコンビニ弁当の殻。テレビの前にソファがあったが、これも本と雑誌に半分以上埋め尽くされていた。眺めだけはよさそうだが、窓ガラスを磨《みが》いてないから表がよく見えない。

玄関を開けたときから除菌消臭剤の臭《にお》いが強烈で、窓を開けて空気を通し、なんとか呼吸できるようになった。掃除が面倒なひとは、罪滅ぼしのように除菌消臭剤を振りまく。カーペットからもベッドからもカーテンからも洋服ダンスからも、しみついた香料が呪いのように立ち上っていた。

そういえば、編集長からもよくこの臭いがしてた、と思い出しつつ、わたしたちは口で息をしながら黙々と作業を始めた。

今日、わたしからの電話を切ったのは、あの〈古賀クリエイト〉だけではなかった。カメラマンもスタイリストもモデル事務所も、いくつかの取材相手も。最初の編集プロダクションのように、電話がつながるなり怒鳴り散らすやからはいなかったが、こちらが美浦編集長は入院中だと告げると、相手先六人全員がけんもほろろに仕事を断ってきた。

そして全員が、美浦編集長からわたしがなにか聞かされていないか、しつこく問いただそうとした。

南治彦が総務の柴慎子に言って「Cozy Life」の経費をチェックした。〈古賀クリエイト〉はただ働きではないどころか、毎号編集経費として約三十万が支払われていた。カメラマンやモデル事務所にもそれぞれ通常の報酬が払われている。本人が編集長の文体模写ができると豪語していたのを裏づけるように、南治彦への記事執筆謝礼もかなりの額だ。だから「Cozy Life」の経費は、わたしが予想していたよりも多かった。

「恐喝《きょうかつ》してたんだろうな」

この調査結果をどう考えていいかわからずにいたわたしに、南治彦はあっさりと言った。

「恐喝、ですか」

「相手の弱みをつかんで、雑誌の仕事をさせる。その一方でこの連中に支払われた経費を、自分のところにバックさせてたんだ」

確かにそうでもなければ、〈古賀クリエイト〉の電話の説明がつかず、毎号おなじみの外部スタッフが今回にかぎって仕事を断る説明もつかない。とはいえ、

「そんな証拠、ありませんよ」

「証拠なんか必要ないだろう。警察じゃないんだ」

「だけど、編集長は社長や奥さんのお気に入りなんですよ。具体的な証拠もなしにこんな話したって、信じてもらえませんよ。恐喝って言うけど、見方を変えればうちの社からの

横領《おうりょう》になるかもしれないわけだし」

南は細い目をまたたかせ、それもそうか、と言い、話を聞いて青くなっていた柴慎子に鍵を出させ、さて、証拠を探しに部屋へやって来た、というわけだった。

最初に柴慎子が通帳を見つけ出した。彼女も編集長とほぼ同い年で、離婚してシングルの生活が長いから、大切なものをどこに隠すのか、なんとなくわかったのだという。通帳は年金手帳やパスポート、ダイヤのペンダントと一緒に、玄関の靴箱の中にある非常持ち出し袋に納《おさ》められていた。三軒の銀行。最後に記帳されたのは数ヶ月前だった。

「銀行に行って、通帳記入してきます」

さんざんくしゃみをしていた柴は、嬉々として部屋を出て行った。

彼女が出て行くと、わたしと南は遠慮がなくなって、下着の抽斗や冷蔵庫の中までくまなく覗きこんだ。南はクッションカバーをはずし、ベッドのマットレスをはがし、しばらく使っていないようなスーツケースや衣装ケースを調べる。

わたしも国税局の強制調査の映画を思い出しながら、小さなぬいぐるみをつぶし、人形の首をひっこぬいて調べ、本棚の縁に並んでいた小さなスノードームのコレクションをひとつひとつ、ひっくり返した。雪だるまのもの、民家にふりそそぐもの、犬が走り回るもの、二十コくらいあるだろうか。手のひらよりもずっと小さいのにどれも精密にできていて、かわいくて、つい状況を忘れて見入ってしまうようなすてきなスノードームばかりだった。

南は本棚の雑誌を引っ張り出していたが、わたしを見て鼻で嗤《わら》った。

「いくらなんでも、そんなとこにはないよ」

「だって、USBかもしれないし」

南はじっとこちらを見て、吐き捨てるように言った。

「節子さまはアナログタイプだって言っただろう」

その言葉はあたり、しばらくすると、美しい水色の和紙を貼った文箱がベッドの下に見つかり、中からA4サイズの分厚い封筒が出てきた。

「あった」

南治彦は中身を取り出した。A4の用紙にプリントアウトされたその書類は、報告書のようだった。いちばん上の紙に書いてあった名前は、例の編集プロダクション〈古賀クリエイト〉の代表者・古賀優子《ゆうこ》で、どうやら怒鳴り散らした本人らしい。

内容は古賀優子の仕事内容や主な取引先、報酬、納税額に預貯金の見込額。初台《はつだい》にある自宅兼事務所の購入方法やローンの状況。家族構成、夫とふたりの息子がいること、夫の収入、ふたりの息子にかかる学費。ご丁寧に家族から事務所に出入りする人々の写真まで貼付《てんぷ》されていた。

最後に思わせぶりな記述があった。一昨年の十月、自転車通学をしている下の息子が転んで怪我をし、わざわざ遠方の整形外科を受診したこと。まだ十分に使える自転車を粗大ゴミに出して、以後徒歩通学に変えたこと。ちょうどその頃、古賀家の近所で老人が飛び出してきた自転車に追突されて倒れたが、自転車に乗っていた人間は逃げ去り、老人は病院で死亡したこと。

「よく調べましたね、こんなこと」

わたしはあきれて言った。南治彦は細い目でこちらを見て、

「おめでたいことを言うなあ。その気になれば、ひとの秘密をほじくるなんて簡単だよ」

「かもしれませんけど、なんだか最初からこのひとに弱みがないかどうかを調べてたみたい。とにかくこの事実をもとに、美浦編集長はこの古賀優子さんを、その、脅迫《きようはく》してたんでしょうか」

「そういうことになりそうだね」

日が暮れてきたので、あかりをつけた。寒かったし、救急車だかパトカーだかのサイレンがうるさかったが、窓を閉める気にはなれなかった。

報告書は〈古賀クリエイト〉をふくめて七件あり、わたしはカメラマンが人妻と密会し

ていること、スタイリストが万引きの常習犯だということ、よく取材に応じてくれていて、わたしもたまに覗きに行く輸入雑貨店のオーナーに麻薬所持の前歴があることなどを知った。どれも知りたくなかった情報だった。

しばらくして、柴慎子が帰ってきた。なにかあったらしくて警察だの野次馬だのが出て、道が通りづらかったなどと弁解していたが、ホントはどこかで一服してきたらしい。かすかに煙草の臭いがしていたが、責める気にはなれない。わたしも早く家に帰りたかった。

美浦編集長が行方不明になった九月二十日以降、あらたな引き出しはなかった。預金額は総計で約四千万あった。三十年間仕事一筋で、マンションを買ったひとり暮らしの女性の貯金として、ビックリするほどでもないが、まあ多いといえるだろう。

通帳と、銀行からの古い通知書で口座の出納《すいとう》を見ると、給料の他にときどき五十万から八十万円程度の入金があった。この入金は二年ほど前から始まっていて、古賀優子が口走ったことと一致する。脅迫対象には振り込みではなく、現金で支払わせていたわけだ。

ローンと管理費、光熱費や電話代が引き落とされ、たまにカードで買い物をする以外には、週に一度、会社の近くのATMで三万円ずつ引き出していた。たぶん、生活費なんだろう。二年間で七回ほど二十万円が引き出されていることがあったが、金づかいが荒いというほどでもない。

「彼女、意外に堅実だったのね」

通帳の他に請求書などをチェックしていた柴慎子があきれたように言った。

「持っている服の数も、バッグもそれほど多くない。本は買っちゃうみたいだけど、それ以外は普通の暮らしをしてたみたい」

「ならなんで恐喝なんて、危ない橋渡ったんですかね」

「年齢じゃない？　五十歳をすぎると、これまでどおりに仕事をするなんてムリなのよ。なんでも自分でやりたいしやれるって言ってた美浦さんが、この数年で南さんをはじめ、外部のスタッフを雇うようになったでしょ。気力も体力も衰《おとろ》えて、老後の生活がリアルになってきたんじゃないかしら。国はあてにならないし、上に長生きしそうなお年寄りがどっさりつかえてるし、わたしたちくらいの年齢の人間が高齢者になったときには社会保障制度なんてなくなってるかもしれないし。女ひとりで飢え死にするんじゃないかって、不安になるのよ」

柴慎子の言葉は納得できるような気もしたし、できない気もした。それなりの給料をもらい、住む家もある。十分に恵まれた生活じゃないか。不安になってるヒマがあるなら、掃除して自炊《じすい》して節約すればいいのに。そういう雑誌作ってるんだから。

社長だって、外部スタッフを雇う経費を出してくれていた。それをありがたいと思うどころか、利用して私腹を肥《こ》やして社の看板に泥を塗って。

なにやってんだか。

「そんなことより」

南治彦が言った。

「証拠はそろったよ。社長に話すのか」

「うーん。話さないわけにもいかないとは思うんですけど、話したらたとえ帰ってきたって、編集長クビですよね。ていうか、編集長はそうまでしてかき集めていたお金を持っていってないし、五日も無断欠勤すれば恐喝の事実がばれかねないわけだから、なんの連絡もしてこないわけがない」

「美浦さんの失踪には事件性があるってことね」

柴慎子がてきぱきと言い、わたしはちょっと驚いた。事件性がある、なんて言葉、ニュースでしか聞いたことがない。でも、まあ、

「そういうことになりますよね」

美浦編集長は、たぶん、犯罪に巻き込まれた。——ええい、まだるっこしい。はっきり言おう。殺されちゃってる。としか思えない。

「といって、この話を警察に持っていったら、節子さまのやったことが公になって

『Cozy Life』は間違いなく廃刊だよ」

南治彦が言った。

「それは困る。ていうか、イヤですよ」

思わず語調がきつくなり、ふたりは身を引いた。わたしはしどろもどろになった。

「わたし、『Cozy Life』が好きでこの会社に入ったんです。この雑誌に人間らしい、まともな暮らしを教わったんです。やっと関われるようになったのに、廃刊だなんて」

しばらく誰も口をきかなかった。ややあって、南治彦が言った。

「だったら、こっちで彼女の行方を突き止めるしかないね」

「突き止めるって、どうやって。殺したがってる人間は、たぶん大勢いますよ」

「でも、まずきみを節子さまと間違えた〈古賀クリエイト〉の代表者は違う。それに、今回仕事を断ってきた連中も違うだろう。仮に節子さまを殺してしまったんだとしたら、とりあえず、下手なこと言わずに、これまで通り仕事を引き受けるんじゃないかな。節子さまがいなければ、キックバックの必要はないわけだから」

「でも、この報告書の連中でないとしたら、いったい誰が？」

「こんなものを見つけたよ」

南治彦はもったいぶって、一枚のメモ用紙をわたしたちの目の前に置いた。緑色のインクのメモには、四人の女性の名前と連絡先が書かれていた。そしてその下に、こう走り書きがあった。

〈裕福な老人、利用、奪った？〉

わたしは思わず生唾を飲み込んだ。

「これって……」

「脅迫先の新規開拓、だろうね」

怖い、と思ったとき、玄関のブザーが鳴って、全員が飛び上がった。一瞬、編集長が帰ってきたのかと思ったが、だったらブザーを鳴らすはずもない。大急ぎでドアを開けた。立っていたのは、制服警官だった。このマンションと隣のビルの狭間《はざま》から女性の遺体が見つかった、遺体は〈美浦節子〉名義の運転免許証を持っていた、と警官は言った。

4

家に帰り着いたときには十一時をすぎていた。へとへとに疲れていたし、眠らなければならないのはわかっていたが、ものすごくコーヒーが飲みたくなって、ミルを取り出した。麻布を二枚張り合わせて作ったドリップ用の布をカリタにセットし、少し縁の欠けたホーローのコーヒー用やかんでゆっくりとお湯をさした。

蒸らしたコーヒーがお湯でほっこり盛り上がるのを見ているうちに、人心地がついてきた。

警察にはあれこれ事情を聞かれたが、もちろん脅迫だの恐喝だのについてはなにも話さなかった。五日ばかり前から行方不明で連絡も取れず、心配である一方、仕事が滞《とどこお》るので預かっていた鍵で室内に入り、書類を探していた、で押し通した。聴取は三人別々だったので、南治彦が〈脅迫&殺人説〉を持ち出していたらどうしようかと思ったが、さすがに彼もよけいなことは言わなかったようだ。

遺体は死後五日から一週間という。死因はたぶん、墜落《ついらく》死。

美浦編集長の部屋はマンションの一番奥にあった。外廊下のつきあたりの真下に編集長の遺体があったことから察するに、どうやら部屋の前から落ちたらしい。司法解剖が終わらなければ、事故か事件か判定できないと警察のひとは言っていた。

隣のビルとのあいだは一メートルちょっとしか幅がなく、その隙間には通りに面して柵があった。エアコンの室外機もあったから、編集長の遺体は外の道からは見えなかった。ケータイの着信音はマナーモードになっていたので、さんざん連絡していても、音は誰にも聞こえなかった。今日になって、二階の住人がたまたま外廊下のつきあたりから下を覗いて遺体を発見するまで、誰にも気づかれなかった。

というのが今のところの警察の見方らしい。

柴慎子が会社に連絡を入れたので、社長以下社員があたふたと警察にやってきた。事情聴取がすむと、することもないので、わたしと南治彦は一足先に帰ることにした。帰り道で、南がぽつりと言った。

「殺人だよな」

「突き落とされたってことですか」

「犯人はこのリストの中にいるよ」

どうなんだろう。コーヒーをすすりながらわたしは考えた。できれば、これ以上、美浦編集長の脅迫の一件には関わり合いたくなかった。憧れていた「Cozy Life」が汚されるみたいだし、それに……。

わたしは首を振って、コーヒーを飲み終え、風呂の支度をした。冷凍庫にあった、飲み終えたカモミールのティーバッグを入れた。これもまた、「Cozy Life」の記事にあった——使い終わったハーブティーをお風呂に入れてリラックス、という記事。

リラックスなんかまるでできなかった。これさえ読めば眠れる愛読書、柳宗悦《やなぎむねよし》の『手仕事の日本』も効かなかった。夜が明けるまでわたしはベッドの上で何度も寝返りを打っていた。

翌日は朝から全社員を集めた緊急会議が開かれた。驚いたことに、部外者であるはずの南治彦が社長の隣に陣取っていた。社長の顔は暗く、引きつっていた。とりあえず美浦編集長が亡くなったことは、警察の見方がかたまるまでは社外秘とする、と社長は言った。

都内で出版社に勤める五十代の女性が、自宅マンションの敷地内で倒れているところを発見された、というのがメディアの報道で、美浦編集長の名前も社名も出ていない。たぶん事故、というのがおおかたの見方らしく、問い合わせもほとんど入っていないようだ。

「それで、『Cozy Life』はどうするんです？」

誰かが聞いた。社長はちらっとわたしを見た。

「みんなも知っての通り、あの雑誌は節子くん……美浦編集長によるところが大きかった。彼女なしでの存続は難しいかもしれないが、我が社を支える優良出版物であることも事実だ。そこで、当面は節子くんの編集方針をそのままに存続させる」

「存続させるって、誰が編集長をやるんです？」

社長は大きく咳払いをした。

「こちらの南治彦くんにお願いすることにした。彼は外部のライターだが、節子くんに見込まれて『Cozy Life』の原稿を書いてきた。編集方針も熟知しているし、顔も広い。とりあえず、次の冬号で編集長代行とし、身分は嘱託社員になる」

南治彦はのっそりと立ち上がり、表情の読みとりにくい細い目で全員を見回して、よろしく、と言った。

古参社員から反対意見が出るかと思ったが、誰もなにも言わなかった。もともと和歌だの茶道だのに精通し、その世界に身をおいている古い社員は「Cozy Life」を見下している。あんなものやらされたらたまらない、というのが本音だろう。

最後に、わたしが正式に「Cozy Life」編集部に異動するとついでのように付け加えられ、会議は終わった。編集部に移って、南とふたりきりになると、わたしは言った。

「社長のこと、脅したでしょ」

「なにが」

「とぼけないでください。美浦編集長のあの件、表沙汰になったら『Cozy Life』の廃刊どころの騒ぎじゃなくなります。それを利用して自分を売り込んだんでしょ」

「社長には節子さまについて、知ってるかぎりの情報を伝えた。一方で『Cozy Life』を存続させられるのは自分しかいないと売り込んだ。それだけだよ。それともきみは、自分にもあの雑誌の編集長ができると？」

できない。まだ、ムリだ。いくら好きな雑誌でも、編集は別の問題だ。それくらいはわかる。

悔《くや》しいが、南治彦が編集長代行になるのが、わたしにとっても最善の道なのだ。

「ご理解いただいたところで、次の議題に移ろうか」

南治彦は言った。

「次の議題って？」

「だからさ。節子さまに脅されて、彼女を殺した人間を捜さないと」

「例のリストの四人ですか」

「そうだよ。犯人はあの中にいる」

「編集長の死が殺人だったなら、警察が調べるでしょ」

「警察が捜査して犯人を捕まえたとして、殺害動機が世間にバレると、どうなるかわかるよね。だから先手を打つんだよ」

調べてみると、リストの四人の女性は「Cozy Life」の愛読者だった。前々回の号で募集した「鍋特集・読者参加キャンペーン」あてに応募した読者のうちの四人だ。暑い盛りに鍋キャンペーンって、と思ったのに、七十人以上の応募があった。美浦編集長はその中からこの四人を厳選したらしい。

選ばれるだけあって、全員がブログで自宅のインテリアや得意の料理などを公開しているし、応募はがきにはそのまま誌面に載せられそうなイラストが描いてあったりする。レシピもなかなかおいしそうだ。ためしに電話をしてみると、全員がすでに編集長から連絡をもらっていて、「自慢の鍋特集」に出させてもらって光栄です、と言った。

できるだけ早く取材させていただきたい、と申し入れると、他の用事はすべてすっぽかしてでも「Cozy Life」の取材にあわせます、という。そこで、まずは松原さやかと石野恵実のアポをとり、取材かたがた様子を探りに行ったというわけだ。

その翌日、リスト三人目の桂夏弥宅へ車で向かった。葉崎《はざき》の御坂《みさか》地区にある、古めかしいが広い木造家屋だった。広々とした庭には二羽にわとりがいて、家庭菜園があって、怠《たい》惰《だ》そうな犬がいて、遠くに海を望むことができる。交通の便が恐ろしく悪く、これほどの広さなのに家賃は月二万五千円だそうだ。

出迎えてくれた桂夏弥は、インド綿のチュニックに膝で切ったジーンズというい でたちで、ゴムぞうりをはいていた。どれだけ掃除しても、海風が吹き込んですぐ埃っぽくなってしまうという家は、松原さやかの家がボロ家なら、あばらやといった趣だった。野良猫が出入りしていて、わたしは蚤《のみ》にかまれた。小柄だが日に焼けて筋肉のついた彼女のすねも虫されのあとだらけだったが、全然気にしておらず、よもぎとドクダミと焼酎で作ったとかいう手製の塗り薬を渡された。

夏弥は三十代で、以前は都内の会社員だったが、忙しさのあまり体調を崩して辞めた。今では近所の古本屋に勤めていて、古本屋にやってきた美浦編集長に会ったこともあるという。

自給自足をめざしているというだけあって、農薬を使わない家庭菜園からとってきた野菜と、近くの漁港で今朝水揚げされたばかりの魚を使い、手前味噌仕立ての鍋を作ってくれたが、正直、あまりおいしくはなかった。しめのうどんも自家製だということで、こしがあるというよりはなかなか歯が立たないほど硬かった。ま、そんなことは誌面ではわかるまい。こういう自給自足生活は多くの「Cozy Life」読者の憧れるところだし、写真を撮るポイントも多い。

編集長と面識があり、周囲に人家は少なく、閑静《かんせい》だ。それとなく尋ねると、編集長が死亡したと思われる水曜日は古本屋も休みで家にいたという。容疑者ナンバーワンに躍り出ても不思議ではないなと思っていたら、取材の最中、彼女の母親と祖母がやってきた。車で五分のところに住んでいて、めっぽう元気でおしゃべりだった。

「夏弥は変わりもんですよ」

母親が言った。

「そうだ、変わってる」

入れ歯を直しながら、祖母が言った。

「こんな雨漏りがするような家に住まなくたって、部屋はあるんだから実家に住めばいいのに。これ、家庭菜園たっていわれなきゃわかんないわよねえ。こんな雑草まみれの荒れ地みたいなとこ。それに、見たでしょ、しょぼい野菜がちょろちょろっととれるだけなんだから」

「そうだ、しょぼい」

「このあいだの台風のときなんか、屋根がめくれて畳が腐ったんですよ。粗大ゴミに出すつもりの箪笥使ったり、今度は石窯《いしがま》作ってピザ焼くだなんて言ってましてね。誰に影響されたんだか」

「そうだ、畳が腐った」

「これじゃ嫁に行きそびれるんじゃないかと思うんですよ。だってまともな男のひとならドン引きでしょ、すっぴんで、色気のない、良寛《りょうかん》さんみたいな暮らししてる女なんて」

「そうだ、良寛さんだ」

わたしも南もこらえきれずに笑い出していた。夏弥のことが気になったが、いいかげんにしてよふたりとも、と言いながら、こちらも笑っていた。身内に裕福な老人はいそうもないし、この暮らしぶりではなにかを利用したり奪ったりしてるとはとうてい思えない。

「振り込め詐欺をやってるってことも、ないですよね」

車で葉崎を後にしながら言うと、南はうなずき、リストから桂夏弥の名前が消された。

リスト最後の一堂みかげの住まいは、町田《まちだ》のマンションの一室だった。駅前に建つ無機質な建築物を見て、一気に心が萎《な》えた。実際に部屋に入ってみると、窓枠に手塗りした白い板を張ったり、タイルや煉瓦で家具を手作りしていたり、がんばってはいる。ただし、そのがんばってます、という空気がダイレクトに伝わってきて、落ち着かない。中途半端なセルフ・リノベーションの典型みたいなたたずまいだ。

それでも写真に撮ると、ビジュアル的には申し分なかった。一堂みかげはブイヤベース風の魚介の鍋を出してきた。有頭《ゆうとう》エビとムール貝に骨付きの鶏、サフランが惜しげもなく使ってあって、四人の鍋の中でいちばんおいしかった。たぶん、材料費もいちばん高かったんじゃないかと思う。

一堂みかげはまだ二十代のはじめで、内気なのか緊張しているのかあまりしゃべらず、ご本人のプロフィールもさしさわりのない範囲でいただけると読者も安心して読めます、と脅してようやく聞き出せたのは、

——結婚二年目、子どもはおらず、飲食店勤務の夫とふたり暮らし。ときどきその店を自分も手伝うことがあり、店の定休日は水曜日。祖父母は四人とも健在で、結婚するときお祝いにこのマンションを買ってくれた。彼の両親が車を買ってくれて、生活費も援助してくれているが、それを笠に着てマゴはまだかとうるさい。

しまいには完全に愚痴になっていた。記事にまとめるのも、いちばん大変そうだ。

「ていうより、一堂みかげのことだったんじゃないですか」

取材を終えて車に戻る道すがら、わたしは言った。

「なにが」

「例のメモですよ。あの裕福な老人、利用うんぬんってあれ。一堂夫婦は祖父母や両親にたかりまくってます。たぶん、相手も喜んで援助してるんでしょうけど。脅迫先のリストっていうのは、南さんの考えすぎじゃないですか」

「それじゃ、奪った、って言葉はどう解釈するんだよ」

「あれにはクエスチョン・マークがついてました」

南がなにか言おうとしたとき、わたしのケータイが鳴った。社長からだった。警察があらためて調べたところ、美浦編集長のマンションの向かいのビルの出っ張りに、鍵の束が載っているのが見つかった、という。編集長が帰宅して、鍵を開けようと取り出したがはずみで鍵を投げ出してしまった。鍵は出っ張りに載っかり、編集長は身を乗り出して鍵をとろうとしてバランスを崩した。

状況から、そんなことが推測できる。

「つまり、美浦編集長の転落死は」

社長は会議の時よりもずっと明るい声で、わたしの言葉を遮った。

「警察の結論が出たよ。あれは事故だ」

5

いったん社に戻ったが、取材のテープおこしは週明けということにして、南を残して車で家に帰った。芯から疲れていた。大山鳴動《たいざんめいどう》してネズミ一匹。美浦編集長はただの事故死だった。四人のリストはただのメモにすぎなかった。

帰り道、駐車場のあるいつものスーパーに寄って、併設《へいせつ》されている地元ＪＡのコーナーでほうれん草とネギを買い、ついでに冷凍のパイシートとベーコンとチーズを買った。近所に住む顔見知りの老婦人に声をかけ、車で家まで送り届けた。このあたりは坂が多く、徒歩で買い物に出かけるのはお年寄りにはたいへんだ。ひとり暮らしでさみしいらしく、助手席でしゃべり続ける隣人を見ていると、母が思い出された。

家に帰ってキッシュを焼いて、トマトのサラダと一緒に食べた。何日ぶりかに満ち足りた食事だった。食後に梨をむいていると、柴慎子から電話がかかってきた。リストの走り書きを気にしているようだったので、一堂みかげについての見解を述べると、柴はほっとしたようだった。

「よかった。南くんがあんなこと言ってたでしょ。ほら、脅迫先の……」

「新規開拓ですか」

「それ。だから気になっちゃって。おまけに南くんときたら、まだあのリストにらんで考え事してたし、そうかと思うとおっかない顔してタイムカードも押さずにどっかいっちゃうし。でも、あなたの考えを聞いて安心したわ。ことによると美浦さんは、一堂みかげの親族を調べて広告でもとろうとしてたのかもしれないわね」

孫や子どもに甘いってだけじゃ、脅迫はできませんからね、と笑って電話を切った。

梨むきに戻ろうとして、不意に不安に襲われた。南治彦はどこに向かったのだろう。

手を洗って、もうクッションもきかなくなっているソファに腰を下ろした。考えてみれば、南治彦の言動には気になる点が多かった。編集長の部屋を家捜ししているとき、USBを気にするわたしを尻目に、彼はあきらかにある程度以上の大きさの〈書類〉を捜していた。実際、ベッドの下の文箱から黄色い封筒が出てくると、中身を見る前に「あった」と言った。

そうだ。

わたしは思いあたってうろたえた。

報告書の体裁をとっていたからには、あの書類を書いて報告する人物がいたのだ。もちろん、それは美浦編集長ではない。自分で自分に報告書を作るバカはいない。

美浦編集長は、二年間に七回、現金で二十万円を引き出していた。七というのは報告書の数と同じだ。調べものをしてくれた——脅迫のネタを見つけてくれた人間への謝礼、と考えればつじつまが合う。おまけに南へのギャラもかなりの額だった。

南治彦は、最初から美浦編集長が脅迫者だと決めつけているようだった。あのリストにも、他の考え方があるとわたしが言ったのに、そうじゃない、やっぱりあれは脅迫先なんだと言わんばかりだった。なぜか。

南治彦が「報告者」だったからだ。彼は最初から、美浦編集長の脅迫の片棒を担いでいたのだ。

そう考えれば、南がなぜ殺人説に固執《こしつ》しているのか、なぜその「犯人」を捜し出そうとしているのか、わかる。彼もまた怯えているのだ。事故だと言われても安心できないのだ。

編集長が生きていれば、南にあのリストの誰かを調べさせたはずだ、そう思っている。

わたしは取材ノートを取り出した。四人のうち、南治彦が「殺人犯」だと考えそうな、いや、裕福な老人を利用して、なにかを奪った犯人だと考えそうな相手といったらリストの中にはひとりしかいない。

最初に取材した、松原さやか。母親のことを訊かれて、天井を見上げていた。

一階に子ども部屋で、寝たきりの老人が二階だなんて、通常ならありえない。介護サービスや入浴やその他の手間を考えたら、ホームエレベーターでもないかぎり、一階にいてもらったほうが楽に決まっている。母を介護した経験から、断言できる。いや、介護の経験なんかなくたって、それくらい常識で考えつくだろう。

落ち着かなくなってきた。南治彦のケータイにかけてみた。つながらなかった。わたしは車のキーをとって、立ち上がった。


松原さやかの家の前の公園で、車を停めた。時計を見ると、夜の九時をすぎていた。人通りの少ない道でも、あちこちの家にあかりが灯り、煮物の匂いが流れ、風呂に入っているらしき水音も聞こえてきた。

なんと言って訪ねたものか、と考えた。せめてカメラを持ってくればよかった。一点だけどうしても撮りたかった——ええと、置物があったんですが、とかなんとか言えば、口実にはなったかもしれない。

とりあえず、彼女のスマホに電話を入れた。家のほうからかすかに呼び出し音らしきものが聞こえてきたが、松原さやかは出なかった。すべての雨戸が閉ざされていて、家は闇に沈んでいた。それでも南の言う「ボロ家」だから、一階からも二階からも隙間から光がこぼれていた。家にいるのは間違いないだろう。

しかたがない。当たって砕けよう。車を降りた。何気なく公園を見やって、ぎょっとした。女の子がひとり、ボールのようなものを両手で握りしめて、薄暗い公園のまんなかにぽつんと立っていた。

「ど、どうしたの、こんな時間に」

女の子はわたしが近づいても、怖がるでもなつくでもなく、無表情のまままこちらを見ていた。

「ねえ、おうちはどこ？　おかあさんは？」

「あのねえ、おかあさんはねえ、お客さんだから、今は家から出てなきゃいけないの」

女の子は全身で大きく息をすると、無表情ながら訴えかけるように言った。

「お外に出てなさいって、おかあさんが言ったの？」

女の子はうなずいた。この子が無表情なのは泣きたいのを我慢してるからだと、ようやく気がついた。

「おうちはどこ？」

女の子が指さしたのは松原さやかの家だった。そうだ、松原さやかには七歳になる娘がいるんだっけ、と思い出した。これは、いい口実ができたと考えるべきだろうか。わたしはしゃがみこみ、娘と視線を合わせ、名前を聞こうとして、気づいた。

除菌消臭剤の臭い。

娘の手にあるものから、その臭いは発していた。

そっと手を開かせて、それを見た。最初ボールだと思ったものは、スノードームだった。

「これ、どうしたの？」

「ホントはいけないの」

女の子はしゃくりあげながら言った。

「ホントは二階にあがっちゃいけないの。だけど……」

不安はいまや恐怖に変わりつつあった。わたしは女の子をほとんど引きずるようにして松原家の玄関に駆け込み、呼び鈴を鳴らし、大声で松原さやかを呼び続けた。返事はなかったが、やがて、二階から物音が聞こえてきた。家がみしみしと鳴り響き、女の絶叫が聞こえた。

次の瞬間、二階の窓が雨戸ごと破れ、なにか大きな塊が降ってきた。わたしは女の子を抱えて飛び退《の》いた。落ちてきたのは人間だった。

ガムテープで口をふさがれ、両手両足をぐるぐる巻きにされた南治彦だった。

二階を見上げた。割れた雨戸と窓のむこうに、女のシルエットが浮かんでいた。逆光で顔が見えなかったが、それはむしろ幸いだったかもしれない。

いくら閑静な住宅街でも、これだけの騒ぎが起こればゴールデンタイムの繁華街のような人ごみと化す。野次馬がいっせいに松原邸に押し寄せてきた。誰かが警察を呼び、制服警官がとんできた。ガムテープをはがすと、南治彦はむせながら警察官に向かって告げた——二階に、ミイラがある、と。

松原さやかは完全に逆上しきっていて、話を聞こうとした警察官を傘立てで殴りつけ、その後も大暴れして緊急逮捕された。南治彦は救急車で運ばれ、わたしはふたたび警察の事情聴取を受けることになった。

またしても、脅迫や恐喝についてははぶき、できるだけ簡潔に話をした。昨日、松原さやかをこの家で取材したこと、寝たきりの母親がいるはずなのに会わせようとはせず、そういう病人が二階にいるのは妙だと南治彦が気にしているようだった、と強調した。その南が夕方から行方不明で、ひょっとしたらと思って寄ってみたら……松原さやかの娘がこんな時間に公園にひとりでいて、なにかあったんじゃないかと心配になって、家に声をかけてみたら……。

警察官がこの話をどう思ったのかは知らない。わたしは真夜中前に放免《ほうめん》された。南治彦は左肩を脱臼《だっきゅう》したが、あとは全身の打ち身だけですみ、三日間入院した。その間に報道された事実を総合すると、こういうことだ。

ミイラの名前は松原亮子《りょうこ》という。しかし、松原さやかとは親子ではなく、赤の他人だ。松原さやかは最初、敷地内のアパート、あの〈松原ハウス〉に娘を連れて引っ越してきて、大家である松原亮子と親しくなった。

そのうち、松原亮子が資産家であることや近い身寄りがないこと、同じ名字だということで、欲が出た。近所には自分が松原亮子の遠縁だと言いふらし、家に入り込んだ。キャッシュカードの暗証番号を聞き出し、勝手に金を引き出して使った。それがばれて、松原亮子にでていけとののしられると、七歳の娘を盾にして引っ越しの猶予《ゆうよ》を頼んだ。松原亮子はそれを了承した。でも、松原さやかはその間に引っ越し先を探すどころか、スタンガンを買った。黙らせて、二階に監禁し、自分の言うことを聞かせるために。殺すつもりはなかったが、高齢で心臓も弱かった松原亮子は死んでしまった。

その時点で有り金を持ち逃げすることも考えたのかもしれないが、松原さやかはそうしなかった。危険をおかしてまであの家を雑誌に載せようとしたことを考えると、さやかは本当にあの家に愛着があったのかもしれない。

とにかく、彼女は居座った。小柄で痩せていたという松原亮子の遺体を二階に運び、衣装ケースに入れて乾燥剤をたくさん入れた。エアコンをつけっぱなしにして、除菌消臭剤を毎日毎日まき散らした。亮子が死んだのが真冬のことだったのも、さやかにとっては幸いしたようだ。

「それにしても、あのリストの走り書きが松原さやかのことだったとして、美浦編集長はどうしてそれに気づいたんですかね」

南治彦の見舞いに行って、梨をむきながらわたしは訊いた。南は軽く顔をしかめた。

「わからないが、あのミイラのあった部屋に、スノードームがたくさんあったんだ。ひょっとしたら、松原亮子も節子さまも、スノードームのコレクター同士のつながりがあったのかもしれない。想像だけどね」

松原さやかとその住所を知って、松原亮子のことを思い出した。知り合いだったのなら、亮子に近い身内などいないことも、知っていたのかも。

「で、南さんはそんなこと調べていったいどうするつもりだったんです？」

「そりゃ、松原さやかが美浦編集長を殺したんじゃないかって」

「嘘ばっかり」

わたしはにやっと笑ってみせた。

「吉祥寺であれだけの土地なら売ればかなりの財産になるって、言ってましたよね」

「なにが言いたい」

南治彦はこちらをにらみつけてきた。わたしは肩をすくめ、しばらく黙ってから、言った。

「別に。特に言いたいことなんか、ありませんよ。梨、どうぞ。南編集長代行」

6

車を駐車場に停めて、家に戻った。坂を上りながら、自然と鼻歌が出た。いまがいちばん好きな季節だ。ほどよい暖かさで、空気が澄んで。

静かな住宅街を歩いていくと、顔見知りの老婦人と目があった。にっこり笑って挨拶をした。むこうも軽く微笑んで、いまお帰りですか、と声をかけてくれた。

わたしはいま、人間らしい、まともな暮らしをしているなあ、と思った。

それにしても松原さやかはバカだ。他人の家に入り込むならきちんと計画をたてて、標的を選ぶべきだ。欲をかかず、めだたぬように。相手のことも幸せにしてあげて、法的に問題がないようにことを運ぶべきだったのだ。

わたしみたいに。

わたしの両親は幼い頃に死んだ。親戚をたらいまわしにされ、施設に入れられた。高校を卒業して働きだしたが、職場では常識がない、まともじゃないと言われて浮いていた。つきあった男に有り金全部持ち逃げされた。アパートから追い出され、行くあてもなく、たまたま入った本屋で手にしたのが「Cozy Life」だった。人間らしい、まともな暮らしって、こういうのか、と思った。掃除して、料理して、節約して、ものを大切にして。こういう暮らしがほしかった。まともになりたかったのだ。

住み込みで働いて生活を立てなおす一方、ボランティアを始めた。条件に合う、身よりのないお年寄り何人かと知り合ったが、焦らずにじっくりと見定めた。最後に選んだひとが、今の家の持ち主だった。ひとり暮らしで、寂しがり屋で、人を疑うことを知らない、心臓に持病のある優しいおばあちゃん。なにより古くて交通の便は悪く、売ろうとしても売れないけれど、味のあるすてきな家に住んでいる。

彼女はいろんなことをわたしに教えてくれた。針仕事や、料理や、植木の手入れなど。掃除の仕方や冠婚葬祭のつきあいも。最後にはわたしを正式に養女にしてくれた。お礼に、わたしはできるだけ母に尽くした。嘘ではない。母はとても幸せな終末を迎えたと思う。あまり、長くは苦しまないようにもしてあげたし……。

美浦編集長のメモの走り書きを見たとき、ひょっとしてわたしのことを言ってるんじゃないかと思って怖かった。でも、もう大丈夫。そうじゃなかったんだし、仮に南が気づいてしまったとしても、平気だ。勘のいい南のことだ、美浦編集長の脅迫の片棒を彼がかついでいたことを、わたしが知ってるとあのやりとりで察しただろう。

家に着いた。わたしの大切な家に。古いけれども清潔で、きちんと手入れされたわたしの家に。

# 狂酔

# 1

あー、どうも。あらためて、初めまして。茢屋《かりや》学《まなぶ》といいます。

ええ、匿名《とくめい》でいいことはもちろん知ってます。でも、名乗らせてください。別にたいした名前でもないし。たぶん、ここにいる皆さんは、俺の……私の名前を聞くのも初めてだろうし、前にあったことのある人もいるけど、もう忘れてるみたいだし。

集会で発言するのは、もちろん最初じゃありません。でも、ここでは初めてです。よろしくお願いします。特にシスター、飛び入りですみません。

今日はどうしてもこの建物に入ってみたくて、無理矢理だってことは承知の上で、この集会に参加させてもらいました。実は、子どもの頃に、この近くに住んでました。実家が多摩川《たまがわ》を渡った先にあったんですよ。高台のあたり、こぶしが丘《おか》と呼ばれている一画になります。

実家は見晴らしがよかった。住宅の屋根屋根が緩やかに続き、銀色に鈍く光る多摩川が見える。その向こう側に、ここの教会の尖塔《せんとう》が、西日を受けて建っている。緑の生け垣の向こうには、いまこの集会が開かれている煉瓦造りの建物が見えました。

生け垣が高かったから、近くに寄ると見えるのは尖塔だけなのに、うちからなら、もっといろいろよく見えた。中庭で養護施設の子どもたちが遊んでいるところも、庭木の手入れをしている人の姿も、シスターや神父さんの出入りも。なんだか、ヨーロッパの絵はがきみたいな光景でしたよ。実家が売れたのもそのおかげでしょう。他に取《と》り柄《え》のない、古い家でしたからね。

だいたい、そのあたり、元々は多摩丘陵《きゅうりょう》の名もなき丘にすぎなかった。私鉄会社が沿線開発のため五十年ほど前にでっち上げた、いわゆる新興住宅地です。花の名前プラス「が丘」って命名センスがレトロだよね。桜ヶ丘、梅が丘、つつじヶ丘、百合ヶ丘、こぶしが丘。あ、こぶしってのは辛夷《こぶし》、マグノリアの一種です。あんまり耳ざわりのいい名前じゃないけどね。

それに、俺……私が子どもの頃にはまだ、トイレは汲取《くみとり》、ガスはプロパン。沿線と言ったって、最寄りの私鉄の駅に出るのにバスで二十分、そこから都心まで満員電車で四十分。かろうじて通勤一時間圏内の僻地だったわけだ。

それでも金のない庶民のくせに、一国一城の主になりたがった当時の男たちが、庭付き一戸建てを手に入れようと思ったら、このあたりまで退《しりぞ》くしかない。でもって、人生の大半を家のローンにつぎ込んだ。現在、住む人も減り、年寄りばかりが残り、小学校も統合されて子どもたちの声を聞くことも珍しくなったこぶしが丘を見ると、なんだかもの悲しくって、一杯やりたくなっちまう。

あ、やだな。

飲みませんよ。飲みませんったら。言葉のあやですから。飲むってほどにはもう、飲めませんから。仮に飲んだとしても、心配いりませんよ。俺、ちゃんと自分をコントロールできますから。

……どこまで話しましたっけ。

私が生まれた年に、親父はこぶしが丘に家を買いました。東京オリンピックの頃、最初のね、言うまでもありませんが。

親父は教師でした。中学校で国語を教えてました。多摩川を渡ったこちら側の中学です。うちからは自転車を飛ばして十分といったところでしょうか。

職場の近くに家を買ったわけですから、親父はたぶん、いい教師になろうとしてたんじゃないかなと思います。その頃は、聖職、なんて言葉が生きていましたしね。子どもの頃には、よく家に親父の教え子が訪ねてきていたものです。

でも一方で、家は親父の蔵書であふれかえっていた。だいぶ後になってから、お袋から聞かされたことですが、親父はいわゆる文学青年だった。学生の頃は小説を書いていたそうです。友人たちと同人誌を立ち上げて、ろくに授業にも出ずに文学論議を交わしたり、時節柄、政治活動に染まったり、それが親に知れて仕送りを打ち切られたり。そのうち、下宿先の娘とできて、文学をあきらめて、学校に戻って教員資格をとって、「まっとうな」人生を送り始めた。その下宿先の娘ってのが、お袋です。こぶしが丘の家を買うにあたっては、お袋の実家から相当の頭金が援助されたそうです。

そのことが、親父にどう影響したか、よくわかりません。記憶の中の両親は、どう考えたってお袋のほうが威張ってた。ひょっとしたら、実家の援助がものを言ってたのかもしれない。たいていの家じゃ、親父よりお袋のほうが強いらしいから、これは考えすぎかもしれませんけどね。

はっきりしてるのは、親父が「挫折した文学青年」だったたってこと。それも、小説を書きたくてしかたない、というタイプの文学青年じゃなくて、いかにも文学者らしい人生を送りたがってた男だったたってことです。

ほら、やたら女と心中したり、よくない薬を常用したり、人妻とできたり、夜の街に出入りしたり。そんな、文学者の伝説ってよく聞くでしょう。文学者って、とんでもない非常識な言動を周囲から非難されつつも、文学者だからしかたないかって暗黙のうちに認められてますよね。親父はそういう存在になりたかったのかなって思います。

なんの話かわからないですか？

いいです、聞き流してください。

ともかく親父は家を買い、俺が生まれ、三人家族の生活が始まった。まだ武蔵野《むさしの》の自然が残る郊外ののどかな街、狭くて安普請《やすぶしん》だけど庭付きの一戸建て、自転車通勤、教師という安定した仕事、今となってはうらやましいような生活ですよ。

実際、その頃のアルバムを見ると、親父もお袋も、幸せそうに見えます。ていうか、うちにはその頃のアルバムしか残っていなかったんですけどね。俺の小学校一年生の夏休みに、家族で逗子《ずし》に海水浴に行った写真が最後になります。濡れた髪を後ろになでつけた親父と、親父の手で髪を後ろになでつけられた私。遺伝でしょうか。富士額《ふじびたい》だってところも、その額の真ん中がちょっとへこんでいるところもそっくりの、よく似た親子が海を背景に砂浜で笑っている。

それ以降、家族写真はまったくありません。

小学校一年生の秋、俺が行方不明になって以降のものは。

今だったら、七歳の子どもが行方不明になったら、夕方のニュースのトップになりかねない大事件でしょう。子どもの値打ちがもっと安かったあの頃だって、地域ではそれなりの騒ぎになりました。

最初のうち、両親はそれほどには心配しなかったそうです。頭の悪い小学生の男の子ですからね。学校帰りに遊び疲れ、空腹で目が回りそうになってようやく、家ってもんがあった、と思い出すような生き物だ。帰り着くのは暗くなってから、なんて珍しくもなかったそうです。

それでもさすがに七時をすぎても帰ってこないものだから、念のため学校に連絡してみた。私の通っていた小学校は子どもの足でも家から十分、こぶしが丘に新設された分校でした。子どもの数が増えすぎて、大変だった頃の話です。

もちろん、学校にも私はいなかった。友だちに連絡をとっても、いつもの通り、家の近くで別れたきりだという。そこで、担任教師が家にとんできて、通学路を親父と捜しまわってみて、それでも見つからないので初めて大騒ぎになりました。

のどかな街ってことは、人が少ないということです。つまり目撃情報がない。警察や消防団、こぶしが丘町内会、ＰＴＡなど、大勢が夜を徹して私を捜しまわったそうですが、結局見つからず、翌日は臨時休校になりました。

なにしろ、性善説が日本人の思考の基本だった時代だし、この街は……街ってほどでもない、新興住宅地だなんて言ってるけど、まあ、集落みたいなレベルの場所ですよ。子どもが行方不明になってまず誰の頭にも浮かぶ可能性は、多摩川に流されたか、雑木林で迷子になったか、学校の裏の池に沈んだか、であって、不審者じゃないんです。

そんなわけで、翌朝、多摩川の川浚《かわさら》いをすることになって、ようやくこちら側の警察にも連絡をとった。ご存知の通り、多摩川を挟んでかたや警視庁、かたや神奈川県警と縄張りが違うわけでして、それにしたって、橋一本でつながっているんだから、もっと密に連絡しとけばよかったのにねえ。

とにかく、話を聞いてこちら側の警察も聞き込みを始め、失踪から丸一日たって、新しい目撃情報がいくつかあがってきました。いずれも、夕方の五時くらいに、多摩川にかかる橋を、ランドセルを背負った小学校低学年前後の男の子が渡っていた、というものでした。

ただ、そこから話が分かれて、ひとりだったという目撃者もいれば、十五、六歳の若い女の子につれられていた、という目撃者もいた。つれがいたという話がほんとなら略取《りやくしゆ》誘拐事件の可能性だって出てきてしまうわけで、話を聞いた親父は倒れかけたそうです。

ところがその晩になって、この目撃情報が人違いだと判明しました。〈聖母の庭〉に預けられていたアツシという男の子が、それはボクのことだよ、同じ施設の美奈子《みなこ》ねーちゃんと一緒にこぶしが丘のほうに遊びに行った、その帰りのことじゃないかな、と申し出たそうです。

ええ、〈聖母の庭〉、ここの教会が運営していた児童養護施設のね、この建物がそうだったんです。なんて、知ってますよね。〈聖母の庭〉の関係者は、お揃いの百合の花のマークが入ったバンダナをしてますもん。バンダナ、みなさんしてますもんね。

はじめにも言ったけど、私、どうしてもこの建物に入ってみたくてね。今日、こちらに寄らせてもらったのも、ひとりでいるとどうしても飲みたくなるから、誰かと一緒にいたかったっていうのもありますが……取り壊される前に、中に入ってここの空気を感じてみたかったんです。

来月ですか、取り壊されるのは。

最初は惜しいんじゃないかと思ってました。遠くから見ている分には、ほんとに趣のある建物ですからね。でも、ここに入って考えが変わりましたよ。どう見たって耐震性があるとは思えないし、じめじめしてるし、取り壊されてもしかたがない。

て、いうかねえ。

ひどいや、この地下室。窓は高いところに一ヶ所だけ、それもまあ、ブロック一つ分の小さな明かり取りだけ。明かり取りっていうか、空気穴っていうか、でも一つしかなければ、空気が抜けていくわけでもない。だから、カビ臭い。元はベッドもあったみたいですけど、よくもまあ、こんな部屋に子どもを押し込めてましたよね。人間の住むところじゃないよ。

ああ、失礼、シスター。あなたに文句を言ったわけじゃありませんよ。

話を進めましょうか。

てっきり私だと思われた男の子が別人だとわかって、捜索隊は再び、多摩川だの雑木林だのを捜しまわりました。お袋は狂ったようになって、近所の鎮守《ちんじゅ》の神様でお百度踏んだそうです。本当は三日経っても見つからないから、そろそろ皆、あきらめかけていたそうですが、母親が素足《すあし》から血をだらだら流しながら拝んでいるのを見ては、捜索をやめるとも言えなかったんでしょう。江戸時代なら「神隠し」で片付けられたはずですが、まったく、多くの人に迷惑をかけたものだと思いますよ。

そうこうするうちに、家に電話がかかってきた。お袋はお百度踏んでる、親父は消防団と一緒に捜している、で、家で留守番をしていたのは隣家のご隠居でした。

ご隠居の話では、聞き取りにくいふがふがした声で、男か女かもわからなかったそうです。私も隣のご隠居のことは覚えていますが、少し耳が遠くてね。結局、電話をかけてきたのが誰なのか、わからずじまいでした。

電話の主はこう言いました。

息子さんは無事だ、ちゃんと返す。だからこれ以上、騒ぐな。

ご隠居はこの話をすぐ、警察に知らせました。警察が駅前の公衆電話からかけられたことを突き止め、駆けつけてみると、そこには、疲れきった様子の私がぽつんと座り込んでいました。

2

寒いですね、この部屋。コーヒーが欲しくなります。クッキーならあるんですか。へえ、この白いクッキー、まだ売ってんだ。包み紙、むいてもらえますか。片手じゃどうも……ありがとう。

子どもの頃、お袋がＰＴＡの集まりから持ち帰ってきたのを覚えてるな。味は悪くない。天下の美味じゃないし、ときおり無性に食べたくなるわけでもない。だから、自分で買ったことは一度もないけど、見れば思い出す。夕食の前に食べても叱られない唯一のクッキーだったから。

そういえば、妻が一度買ってきたことがあったかも。あ、元妻だった。

シスター、顔色が悪いようですが、大丈夫ですか。シスターにはぜひ、私の話を最後まで聞いてほしいんです。だから、倒れないでくださいね。きつけにブランデーでも一口、どうです？

冗談ですってば。そんな怖い顔で見ないでください。シスターにブランデーなんか勧めませんよ、もったいない。

シスターはあれですよね、〈聖母の庭〉の園長を長いこと続けてこられたんですよね。身寄りのない、不幸な子どもたちの面倒をみてこられたわけだ。さぞご苦労も多かったことでしょう。頭が下がります。

こういうのも無駄話ですか？

失礼しました。では、続けます。

当時のことはあまりよく覚えていないんですが、知らない男の人たちに取り囲まれて、あれやこれや話を聞かれたこととか、制服姿の婦人警官にどこに行っていたのか教えてくれと猫なで声で迫られたことなんか、断片的な記憶があります。そりゃ、これで事件だってことがはっきりしたわけだから、警察も捜査しないわけにはいかない。でも、私はなにも答えず、覚えていない、と言い張った。

そのうち、しつこく聞かれると知恵熱が出るようになりました。そうなると、ドクターストップもかかるし、警察も無理に聞き出すわけにもいかなくなった。捜査が続けられていたかどうかは知りませんが、少なくとも、それ以降、私が警察に話を聞かれることはありませんでした。

ええ、そうです。「言い張った」んです。

本当は、どこにいたのか、多少は覚えてました。具体的な事柄じゃありませんよ。でも、手がかりになりそうな記憶はあった。暗い部屋、丸い顔の女のひと、ぱさぱさしてマズいビスケット。そんな記憶がね。

では、なぜ警察にそれを話さなかったのか。

発見されてすぐ、私は駅前の八木田《やぎた》医院に運び込まれまして、栄養剤の点滴など受けさせられました。そのうち、知らせを聞いた親父が駆けつけてきた。真っ青な顔で私に飛びついてきた親父は、苦しいほど私を強く抱きしめました。そしてね、よかった、よかった、と大きな声で繰り返してた。私は親父の胸の中にいましたから周囲は見えなかったけど、拍手とか、笑い声なんかも聞こえてたから、大勢のひとに囲まれていたんでしょうね。

で、そのうち、たぶん八木田先生だと思いますが、病室からみんなを追い出すような言葉があって、不意に私は親父とふたりきりになっていました。すると、親父が私の身体を引きはがし、耳元で言ったんです。

「学、なにがあったか誰にも言うんじゃない。なにも覚えていないって言うんだ。でないと大変なことになる。いいな、黙ってろ」

俺は子どもながらに不審に思って、でも、とかなんとか言いかけた。そうしたら親父の手がぐいっと俺の喉をつかんで、揺さぶった。

「黙ってろ、学。でないと、黙らせるぞ」

苦しくはありませんでした。ただ、怖かった。親父の青白く、充血した目、こわばって仮面のようになってしまった顔が、ひどく怖かった。

だから俺は黙った。なにがあっても黙ってた。そのうち、ほんとに失踪当時の記憶はどこかに行ってしまいました。

後でお袋にもね、聞かれましたよ。どこにいたのかって。そしたら親父が言った。その子にそんなこと訊くんじゃない、トラウマになったらどうするんだって。お袋は威張ってたけど、学《がく》のないことに引け目を感じてたから、親父がそういう難しい言葉を使うと黙るんです。そのときも黙った。

黙ったお袋の肩越しに、親父が見えました。親父は「あの顔」で俺を見てた。引きつったような、青白い顔で。

あの顔……あの、親父の顔。

飲めばたいていのことは忘れられた。私はあの顔を忘れたくて、飲み始めたようなもんです。高校生の頃、悪い先輩がいましてね。イヤなことがあったら、とりあえず飲めば忘れられる、と教えてくれました。実にためになる忠告だった。飲んでしばらくは、いろんな記憶を失うことができた。

例えば、それから七年後に親父が自殺したときのことなんかもね。


ええ、親父は死んだんですよ。

こぶしが丘の裏山が、その頃はまだ雑木林だった。そこで首を吊ったんです。枝ぶりのいい樹がたくさんあって、静かで、手頃で、人気《ひとけ》もない。三月のことで、地名の由来になった辛夷の花が、あちこちで白い花をくたり、くたりと咲かせていた。

そういう、ある意味もってこいの雑木林だから、首を吊ったのも親父が初めてじゃなくて、土地の所有者がたまに見回っていたそうです。おかげで発見が早かったから、遺体は比較的きれいでした。

遺書はありませんでした。親父の働いていた中学校でも、死ぬような気配はまったくなかった、教師生活で問題を抱えているような様子もなかった、と言っていた。責任逃れかとも思ったけど、校長先生に、おうちのほうではなにか心当たりはないんですか、と訊かれましたからね。ずいぶんびっくりしてたみたいです。

結局のところ、苅屋先生は文学もやっていて、センシティヴなひとだった、と教頭先生が言って、それが理由、みたいなところに落ち着きました。普通の人間にはわからない形《けい》而上学的《じじょうがく》な悩みがあったんじゃないか、と。

親父はよく、蔵書の整理をしていました。埃っぽい書斎の床にうずくまって、整理なんだか読書なんだか、わからないかっこうで本に顔を埋《うず》めている、時々、蔵書を持ち出してどこかにでかけていく、というのが親父の日常の姿なんです。だから、俺としても、そんなとこかもな、と思うよりほかにないわけで。

お袋は納得してなかったみたいですけど、生き残った人間にも世間体はある。自殺の理由として、「文学的な悩みで人生を悲観した」って、いくらか人聞きがいいですよね。

葬式には、親父の教え子なんかもずいぶんやってきましたよ。親父の遺影を見上げて泣いてるひともいたな。何年か前から親父は前髪をたらすようにしてた。エルトン・ジョンならともかく、日本人には滑稽な髪型で、てっきり学校でも生徒たちからバカにされてるんじゃないかと思ってたのに、意外に親父の評判がよかったんで、驚いたくらいです。

なにしろ俺はといえば、その頃は親父とは口もきいてませんでしたから。あの七歳の事件以来、うちはしっくりいかなくなっていました。なにしろ、俺は親父が怖かった。

子ども部屋で寝てるでしょう、親父が入ってくるんです。父親が子どもの寝顔を眺めたくなったって、他意なんかあるはずもない。でも、当時の私にしてみれば、殺人犯がふすまを開けて入ってきたようなものです。

俺は一瞬たりとも親父に気を許さなかった。いや、許せなかった。許したら最後、殺されると思った。

その気持ちは、親父にも伝わっていたと思います。親父も俺に対してどことなく距離を置いていた。そんな親子関係がうまくいくわけがない。十四歳になって、反抗期まっただ中だということを差し引いても、です。

そういえば、一度、親父が引っ越しを言い出したことがあったみたいですね。この家を売って、環境を変えよう、と。普通なら、母親は賛成するんじゃないかと思います。なにが我が子に起こったのかわからないまま、誰が敵なのかもわからないまま、家族がぎくしゃくしたまま、その土地に住み続けるなんて、ずいぶん……度胸があるというか。

しかし、お袋は反対しました。学のためにも環境を変えるのはよくない。ここが気に入っている、なぜ引っ越さなくてはならないのか、理由を教えてもらうまで絶対にダメだ、と。しまいには例の実家からの頭金問題が登場して、親父もがんばれず、引っ越しはなくなりました。

そのとき引っ越していれば、親父は自殺なんかしなかったんじゃないか、と考えたこともあります。お袋にしてみれば、親父が自分に隠し事をしているのが気に入らず、感情的になって反対したんでしょう。単純な女でしたから。

でも、最近思うんですが、親父が自殺したあともあの家にとどまったのは、お袋の意地と贖罪《しょくざい》だったのかもしれません。夫が首を吊ったんだ、しかも息子は何者かに失踪させられたこともあるんだ、不幸が立て続けに起こったら、たいていは引っ越しますよね。隣近所の目もあることだし。

親父が死んだ後も、うちはそれほど経済的には困っていませんでした。お袋の実家から、相当の仕送りがあったんでしょう。だから、しようと思えば引っ越しできたはずです。それをお袋は踏ん張った。親父が死んでから、保険の外交員を始めたのに、毎日、家中ピカピカに磨いてね、庭も道もきれいに掃除して。だからといって、お袋があの家を気に入っていたわけでもない。

七年前、お袋のガンが最終ステージになった頃、医者に言われたんです。なんだったら家に帰りますか。こぶしが丘なら終末の訪問医療を専門にしているお医者さんを紹介できますよ、とね。

お袋はイヤだと言いましたよ。あの家には帰りたくない、あの家で死ぬのはイヤだ。それで病院で亡くなりました。

死ぬ少し前に、お袋が言いました。自分が死んだら、あの家はおまえが引き継ぐわけだけど、とにかくなにもかも捨ててしまえ、と。お父さんやお母さんの形見を大切にしようなんて考えなくていい。家は売り払い、家財道具は専門の業者に処分してもらいなさい。
言われた通りにすればよかったと思いますよ。

あ、電話。

この地下室、固定電話なんてあったんだ。へえ。てっきりここには外部との連絡手段なんかないと思ってた。

うるさいな。意外に音が響くんですね。そこのあなた、ええ、あなたです。出ていただけますか。

早く。二度も言わせるなよ。

……はい？

私にですか、警察から。

まあ、じきに来るとは思ってました。無関係のひとには出て行ってもらいましたからね。あのひとたちが通報したんでしょう。でも、案外早かったですね。

私と話したいと言っている。なるほど。それじゃ、伝言をお願いします。

今のところ、私は誰も傷つけるつもりはありません。あることを確かめたくて、ここにいるひとたちに話を聞いてもらっています。話がすんだら全員を、ええ、ここにいる十七人全員を解放し、私も投降します。一時間もすれば終わるでしょうから、それまで邪魔をしないでもらいたい。警察と話などしていれば、拘束時間が長引いてしまう。そうなったら、不測の事態が起こりかねない、と。

……伝えました？

ありがとう。それじゃ、電話を切って席に戻ってください。

どこまで話しましたっけ。七年前、母が死んで、家の片付けを始めたところかな。

七年前、私はすでに立派なアル中で……。

だから、邪魔はするなって言ってるだろうがっ。

あんた、ちゃんと伝えたのか、伝えたのかよ。だったらなんでまた電話がかかってくるんだ。

出ろ。いいから、出ろ。で、頼め。電話がかかってきたら自分が困ったことになるからかけないでくれ、一時間でいいから放っておいてくれって。

誠心誠意、頼めよ。ほら、早く。

早くだよ。これがおもちゃだとでも思ってるのか、おもちゃじゃないんだよ。

証明してやろうか。

3

受話器を戻してもらえますか。ありがとう。

わあ、びっくりしたね。いや、驚かせてすまなかった。拳銃ってずいぶん大きな音が出るな。

泣かなくていいよ、ねえさん。大丈夫だから。シスターも、びっくりして心臓止まったりしてない？　俺もびっくりしたよ。銃声ってすげえのな。

あ、心配しなくていいから。この拳銃はそれほど安物じゃない。ネットで買える銃にはずいぶんな粗悪品《そあくひん》もあるみたいだね。安全装置がついてないとか、そういうのはほら、とんでもない事故を引き起こしかねないから、高いけどちゃんとしたのを買った。グロックっていうの。アメリカで警察官がよく使う銃だっていうから、間違ってタマが出ちゃうなんてことはないよ。少なくとも、ネット経由でこの拳銃売ってくれたやつはそう宣伝してた。

だから今、撃ったのは、わざと。これで、警察も電話かけるのしばらくはやめてくれるだろ。無神経でなければ。

そのためだけに撃ったんだからね。誰も傷つけたくはないんだから。

みんなはおとなしく俺の話を聞いてくれればいい。で、最後に一つだけ質問するから、それに答えてくれればいい。それが終わったら、みんなでここを出る。全員、無事で。

以上、理解できた？

よかった。それじゃ、話の続きね。


高校生で飲み始めた俺は、大学を卒業する頃にはかなりの酒豪になってた。毎晩飲んだ。バイトしてその金で飲んで、またバイトして飲んで。二十歳になったら即座に飲み屋でバイトして、そこでも飲んだ。客の飲み残しのアルコールまで隠れてあおってた。

とっくにアル中だったのかもしれないけど、大酒飲みっていうのは就職にはむしろ有利っていう、今から思えば妙な時代だった。バブル景気が始まる少し前の話だよ。

で、それなりの企業に就職して、飲みっぷりがいいっていうんで先輩や上司からかわいがられて、酒飲み要員として取引先の接待にもよく連れて行かれたな。

妻、いや、元妻とも酒場で知り合った。いい女ってほどじゃないけど、かいがいしくて、笑い声がすてきでね。一緒に飲むと楽しかった。思い出すと、あれがわがゴールデン・エイジだったのかな。酒場で飲んで、しゃべって、また飲んで。時々セックスして、仕事に行って、また飲んで。

思い出したくないことは、あまり思い出さずにすんだ。それでもたまに、ふっと脳裏をよぎることがある。あの親父の顔だよ。青白い、親父の顔。

そうしたら、また飲むわけですよ。あれが出てきちゃうと飲んでも酔えないんだけどね。結婚して三年目かな、ある朝、妻が言うんだよ。アナタの飲み方はおかしいって。そんなわけないじゃないか、いつもと変わらないって言ったら、だったらこれはなによ、って怒られた。見たら、ベランダにおしっこしてあった。

酔っぱらって帰って、トイレと間違えてベランダにしちゃったわけだ。

妻は笑い事じゃないって言った。ひょっとしたらアナタ、病気なんじゃないの、って。なにを言い出したんだろうと思ったよ。たかが酔っぱらってベランダにしょんべんしたくらいで、いきなりアル中呼ばわりだなんて、おかしいのはおまえのほうだろう、と。すると妻は言うんです。だったら、今日一日でいいから、酒をやめてみてって。

なんかねえ、むかつきましたよ。

俺はさ、一緒に飲めて楽しい女だったから、これは気が合うな、と思って結婚したわけ。それがいきなり、飲むな、だよ。だまされた気分だよ。

それで言い合いになったんだけど、あれだね。男は女に口じゃかなわない。結局のところ、週末、会社の接待がない日に、一日だけ酒を飲まないって約束させられちまった。守れると思ったんだよね。たかが、一日くらいって。ところがダメだった。

もちろん、ちゃんとした理由はあった。夕方になって、なんか全身けだるくて……いまさら、飲み助の言い訳聞かされても困るだろうからやめるけど、とにかく、自分じゃわかってないだけで、飲むのやめられなくなってたんだ。立派なアル中ですよ。

なんていうのは、治療を受け、断酒会やAAといった自助グループの集会に出席するようになって、ようやく理解できたことで、当時はなにもわかっていなかった。依存症の治療は「否認」との闘いだっていうけどね、それが毎日続いた。

ややこしいことに、俺の仕事は、酒を飲んでなんぼだった。世間はバブル景気に突入して、世の中全体がイケイケだったしね。だから、酒飲むのやめろ、イコール、仕事するな、みたようなことになるわけだから、俺は女房に大いばりで言うわけだよ。おまえ、誰のおかげで飯が食えてると思ってんだ、酒のおかげだよ、てね。

妻は笑わなかった。冷たい目で俺をにらんで口もきかない。毎日だよ。

そんな針の筵《むしろ》みたいな家に帰りたくなくて、朝まで飲んでからサウナに入ってそのまま出社、って生活を続けて、何日たったかわかりませんけどね。家に戻ったら、妻はいなくてキッチンに離婚届が置いてあった。

俺は着替えると、また出かけた。だって飲めば忘れられるんだから。

そうやって酒浸《さけびた》りの生活を続けているうちに、何年も過ぎた。気づいたらバブルがはじけてて、気づいたら接待交際費が削られてて、気づいたら夜の接待がなくなって、なのに真っ昼間、仕事中でも飲んでいて。ポケットにウイスキーのミニボトルを突っ込んで、酒臭い状態で乗ったエレベーターに、人事の偉い人が乗っていた。

あれ、と思ったときにはクビになってた。

仕事をなくして、さすがに店で飲むのは贅沢かなと、家飲みにシフトした。酒代はあるのに、なんでか家賃はなくて、アパートを追い出された。家財道具を処分して、簡易宿舎を転々とするようになった。そのうち食い物を受け付けなくなって、酒すら飲んでも吐くようになって、廊下の突き当たりにある洗面台に顔を突っ込んだまま、苦しくて苦しくて、動けなくて。

ようやく少しマシになってきたから、水道で顔を洗って、濡れた髪をかきあげて、顔をあげたら……鏡を覗きこんでいた。

引きつったような、青白い顔。

俺は悲鳴をあげた。俺の目の前にいる俺は、富士額でおでこの真ん中が少しへこんだ親父そっくりのあの顔は、つくづくと俺を眺めていた。恐怖に目を見開いて、そこに存在していた。

あのさ、アルコールを抜くときの離脱症状は苦しいって言うだろ。治療の過程で俺も経験したけど、あのときの恐ろしさにくらべたらへでもないね。

だってさ、ついに来たんだから。七歳のときから逃げて逃げて逃げまくっていたあのときの親父の顔が、ついに俺に追いついたんだから。追いついて、俺の中から姿を現したんだから。

親父が俺に憑依《ひょうい》して、内側から俺の魂を食い破って外に出てきた……。

死ぬしかない、そう思った。それ以外に逃れる道はない。俺はなにをちんたら酒なんか飲んでごまかそうとしてたんだろう。死ぬことだけが、唯一の解決策だっていうのに。

親父だってそうしたじゃないか。あの、辛夷の花が咲き乱れる雑木林で。

俺ははうようにして部屋に戻った。二段ベッドが三つ入ったその部屋に、他にひとはいなかった。シーツをとって、上の段から輪にして下げた。

いざ、首を突っ込もうとしたそのとき、ふと、そうだ、迷惑をかけるからお袋にだけは連絡しとかなきゃ、と思った。女房との離婚以来、連絡をとっていなかったんだけど、もう最後だから一言くらい、と思ったからね。で、そうしたのがラッキーだった。

欧米人は死にそうなとき「神様」と叫び、日本人は「お母さん」と叫ぶ。だからってお袋は神様じゃないけど、俺の命を救うためには神様よりはるかに役立った。あ、シスター、にらまないでよ。なにも俺は神様をバカにしてるわけじゃないんだからさ。でも、あそこで俺がオー・マイ・ゴッド！　なんてわめいたからって、神様が舞い降りてきて俺を強制入院させてくれたとはとうてい思えないわけだよ。お袋はやってくれた。何週間も何ヶ月もかかったけど、俺はなんとかアルコールを抜いた。でなきゃとっくに死んでいただろうよ。

残念ながら、完治はしていない。親父の「あの顔」とか自殺とか、そういうことを思い出すとする。俺にとってその対処方法はずっとアルコール消毒のみで、それ以外の方法を思いつけなかった。だから、飲まずにいられるコツをつかむのに時間がかかった。それでも七年前、お袋が死んだときには、酒を飲まない二年をすごし、警備員として働いて小さなアパートでひとり暮らしをするまでに回復してたわけだ。

……ふう。

七年前、お袋が死んで家財道具の整理をする話をするはずが、俺のアルコール一代記を話しちまった。バカみたいだな。それもこれも警察が話の邪魔をするからだ。どこから話すべきか、わかんなくなっちまった。

ま、いいや。先を急ごう。でないと警察が強行突入しかねない。そうされて困るのは、俺よりあんたらのほうだからね。意味はわかると思うけど。

さて。七年前ね。

お袋は業者に頼んで片づけてもらえと言い、そのための費用をタンスの引き出しに隠しておいてくれたんだけど、俺はそうしなかった。

俺には病院で紹介された、長い付き合いのカウンセラーがいる。このひとにだけは、親父のことやなんか全部告白してた。そうしたらあるとき、言われたんだ。ほんとはなにがあったのか、調べてみたらどうかって。

親父が七歳の俺を脅したのも、自殺したのも、それなりの事情があったに違いない。その事情がわかれば、俺は親父を許し、親父に似てしまった自分を許すこともできて、自分の中の暗闇に酒を捧げなくても楽に生きていけるんじゃないか。

そうかもなあ、でも、世の中には、クソの山を掘っていったら下からもっとひどいクソの塊《かたまり》が出てきたってこともあるからねって、俺は答えたけど、その助言はずっと頭の片隅にひっかかってた。で、実家が俺に残されたとき、踏ん切りをつけるいいチャンスだと思った。親父が死んだ四十歳って年齢を超えたのも、大きかったと思う。

それで、俺は警備員の仕事の合間を縫って、実家に通っては少しずついろんなものを片づけ始めた。

お袋は病気になってから、かなりいろいろ処分してたみたいだけど、ものを大切にする世代のひとだから、まだずいぶんと品物があった。逆に、親父の残したものに、俺が知りたいことの手がかりになりそうなものは、見つからなかった。本も雑本ばっかりで、トイレットペーパーにしかなりそうもない。もっとも、考えてみれば、自殺の前に日記や手紙のたぐいは当然、処分したはずだ。

三回ほど実家に通って、その結論に達して、俺はあきらめて家の中のものを捨て始めた。毛玉だらけのセーターとか、ゴムがゆるんじゃった下着とか、腐ったみたいなタッパーウエアとか、骨董品並みに古い未使用のラップとかを捨てた。まだとってあった親父の古着も捨てた。穴の開いた座布団も捨てた。親のにおいの残るものを捨てることに、ちょっとは罪悪感があったけど、じきに捨てるのが楽しくなってきた。

ご近所はあきれてたんじゃないかな。親が生きているときはほとんど寄り付きもしなかった息子が戻ってきて、死んだ親の持ち物をどかどか捨ててるんだから。ひどい話だよね。

だからだと思う。ある日、いつものように作業をしていると、チャイムが鳴った。外に出ると、中年の女性がふたり立っていて、多摩川の向こう側の教会でボランティアをしている、と名乗った。女性たちはふたりとも、百合の柄のバンダナを首に巻いていた。

教会には〈聖母の庭〉という児童養護施設があって、その運営資金を集めるためのバザーを計画中です、と彼女たちは言った。つきましては、寄付してもいいという不要品があれば……。

あるどころではない。なんならこの家にあるもの全部、寄付します、と俺は言った。それじゃあ、中を見せてください、とボランティアは言った。

バザーに出すということは売り物にするわけだから、選んで持っていくのかなと思ったら、このボランティアはほんとになんでも欲しいと言った。庭先にあった枯れた植物の鉢からちびた鉛筆まで。こんなものが売れるのかと聞いたら、いいえ、これは事務所で使わせていただきます、ときた。えらいよね。

でもやっぱり、喜ばれたのは食器や家具、親父の残した本のたぐいだった。さすがに女性ふたりでは運ぶのが大変だからと、翌日、ボランティアは二トントラックと男手をつれて戻ってきた。男手はアッシと呼ばれていて、俺と同年輩だった。ものすごく薄汚れた百合の柄のバンダナを首に巻いていた。重いものは俺とふたりで運んだ。本を詰めたみかん箱も。空になった本棚も。

その本棚をふたりで持ち上げたら、ひらひらと写真が一枚、どこからともなく落ちてきた。俺がその写真を拾い上げると、アッシが覗き込んで言った。

「あ、美奈子ねーちゃんだ」

その写真は、制服を着た中学生くらいの女の子のものだった。笑顔もなく、ただまっすぐにこちらを睨みつけている丸顔の女の子。制服には見覚えがあった。親父が勤めていた中学校の制服だ。

知り合いかって、俺は訊いた。アッシはバツが悪そうな顔をして、

「荻原《おぎわら》美奈子。だけど、俺から訊いたなんて言わないでくれよ。美奈子ねーちゃんは〈聖母の庭〉を追い出されて、あんまり話題にしちゃマズいんだ」

なぜ追い出されたのか、俺は尋ねてみた。アッシはこそこそとあたりを見回し、中年女性たちがいないのを確認すると、言った。

「話せないよ。美奈子ねーちゃんはいいひとでさ。俺のことをかわいがってくれた。よく遊びにつれて行ってもくれたな」

そのとき、遠くに追いやっていた記憶がものすごいスピードで現れて、俺の脳みそに衝突した。俺は知ってる。この女の子を。

行方不明になったあの日、俺はこの女の子につれられて、多摩川を渡ったんだ。

あれ。みんなやっと、マジメに話を聞く気になってきたみたいだな。

こんなことなら、最初から荻原美奈子の名前を持ち出しときゃよかった。まさか、シスターとか、清らかで信仰心の厚いあんたたちみたいな〈聖母の庭〉の出身の善人が、俺の話に退屈するなんて思ってなかったからな。

## 4

アッシがここにいてくれたら、話が早かったんだけど。入院したって？　気の毒に、なんで？　ああ、急性膵炎《すいえん》。やっぱ酒かねえ。俺はこの後、しばらくは見舞いになんて行けないだろうから、よろしく言っといてよ。あのときはいろいろ教えてもらって助かったって。

あ、だからって、アッシを追い出したりするなよ。それじゃ俺も寝覚めが悪い。それに最初のうち、アッシは荻原美奈子の話をしたがらなかった。勘弁してくれよ、とアッシは言った。美奈子ねーちゃんは〈聖母の庭〉じゃタブーなんだから。彼女が教会に出入りしていいのは、人の生き死にに関わるようなボランティアの炊き出しのときだけなんだ、と。

「美奈子ねーちゃんは汚れた女だって、シスターは言うんだよ」

中年女性たちがトラックを運転して教会に戻って行くと、俺はアッシに水屋《みずや》の隅に未開封のまま置いてあった焼酎をやった。酒飲みのことはわかる。隠れて飲みたがるけど、いつも酒がたりなくてぴーぴーしてるやつのことも、よくわかる。

焼酎を一口やると、アツシの舌はがぜん滑らかになった。

「もともとシスターは、美奈子ねーちゃんをすごく買ってたんだよな。いずれは修道の誓いを立てさせて、自分の後がまにしようと思ってたそうだ。それが、中学生で妊娠だもん。そのまま追い出したいのはやまやまだったようだけど、生まれてくる子どもに罪はないから、中学を卒業するまで教会において出産させた。その後、赤ん坊を取り上げて、美奈子ねーちゃんを〈聖母の庭〉から追い出した。生まれたばかりでかわいい赤ん坊なら養子にほしいってひと、いるから」

「で、引き取られた？」

アツシは瓶に口をつけて、ごくっといった。甘い香りが俺の鼻をくすぐった。

「一度ね。でも、すぐに戻されてきた。美奈子ねーちゃんが赤ん坊の養子先を突き止めて、訪ねて行ったから」

アツシはまた一口、焼酎を飲んだ。満足そうな顔で口をぬぐった。

「十五かそこらの女の子が、泣きながら赤ん坊の名前を呼んで、養子先の家の周囲をうろうろするんだぜ。そりゃ、養家《ようか》だって困るよな。相手は実の母親ってことになれば、まるで養家が悪者だもん。おまけにねーちゃんは絶対にあきらめなかったし」

それで、美奈子の赤ん坊は結局、〈聖母の庭〉で育った。美奈子は教会近くのアパートを借り、飲食店で働きながら、空いた時間は教会の周囲をうろうろしてつぶした。そして我が子が小学校に通うようになると学校の前で待ち伏せをし、毎日子どもとともにすごすようになった。今とは違って、実の親が子どもを連れ去っても「誘拐」なんてことにはならなかったからね。

「だけど、ねーちゃんの息子はつれ回された先で高熱出してさ。ちょっと知能がその、かわいそうなことになっちゃって。シスターはそれもあって、美奈子ねーちゃんのことを許さないんだよな」

俺はアツシに、十五、六の女の子がどうやって養子先にたどり着けたのか、と訊いてみた。アツシは赤くなった顔をつるっとなでて、ずる賢そうな目つきになった。

「俺は子どもの頃、神童だったんだ。難しい書類でも簡単に読めたしね。それに気づいていたのはねーちゃんだけ。他の奴らは俺になんか、興味なかったからね。もう少しマシな身分保障と学費があって、酒ってもんがこの世になかったら、アツシ様はいまよりはるかに成功してたぜ」

「それに、嘘もうまかった」

「まあね。警察相手に嘘つくのも平気だったよ」

あの日の夕方、美奈子ねーちゃんと橋を渡ったのは、ボクだよ。その行方不明になってる子じゃなくて。

……どう、アッシに似てた？

トラックが戻ってくると、アッシは焼酎の瓶を部屋の隅に隠し、洗面所のマウスウォッシュで口をゆすいで作業に戻った。トラックが再びいっぱいになり、女性たちが教会へ出かけた後で、俺は焼酎の瓶をもう一本、見つけ出した。で、アッシは七百五十ミリリットルの幸せを、俺は荻原美奈子の連絡先を手に入れた。

あんたたちは知ってるよね。荻原美奈子は駅前でカレー屋をやっている。その名も〈パラダイス・ロスト〉。

「教会関係者はあの店出入り禁止なんだよ。はっきりそう言われたわけじゃないけど、誰だってシスターの機嫌を損ねたくないからね。俺はそんなの守ってないけど。うまいんだもんあそこのカレー」

アッシは赤ん坊を抱くようにして焼酎のボトルを揺らしながら、言った。

「シスターもさあ、ねーちゃんが許せないならこき使えばいいんだよ。ねーちゃんは〈聖母の庭〉のためなら喜んで、身を粉《こ》にして働くよ。時々ねーちゃんと話すことがあるんだけど、いつも話題は〈聖母の庭〉の話ばっかり。戻りたい、帰りたいってそればっかり言ってるよ。ねーちゃんはシスターのこと、母親みたいに思ってるんだよね。いつかは母親や兄弟姉妹の胸に戻りたいってさ。なんでそうなるかねえ」

アツシが話すたびに、アルコールが香った。思わず深呼吸しかけ、俺は咳払いをしてごまかした。

「前に台風で多摩川が氾濫《はんらん》しかけたとき、教会を拠点にしてボランティアが集まったことがあった。そのとき、ねーちゃん、カレーの炊き出しをやったんだ。シスターも、人の命を救うためだからって、特別に許可した。だから今回のバザーでも、ねーちゃんにカレーの屋台やってもらって、売り上げを全部寄付してもらえばいい。それで〈聖母の庭〉の子どもたちのミルク代が出るんなら、十分、人の命を救うことになるよな。だけどシスターは、美奈子は出入り禁止です、で、おしまいだよ。シスターだって、美奈子ねーちゃんが用意したカレー、うまそうに食べてたのにさ。ねーちゃんがカレー屋を始めたのだって、カレーがシスターの大好物だからなんだよ」

アツシは肩をすくめた。飲みかけのほうのボトルが隠してある場所を、俺は見まいとしていた。そうしようと思えば思うほど、視線はそちらに向かった。

「なんで、あそこまでシスターを慕《した》ってんのか、まったく謎だよ。ま、妊娠するまでねーちゃんはシスターの超お気に入りだったから、それまでは幸せだったのかもしれないけど。知ってる？　あの施設には地下があるんだよ。寒くて、寝小便の痕《あと》のある臭いベッドが壁際に並んでる。悪いことすると、地下のベッドにひもでつながれて、水しかもらえない。泣いても叫んでも、あの部屋の音は誰にも聞こえないしね。たまにあの部屋の夢を見るよ」

アツシは身震いした。そうして抱いていたボトルを大切そうに床に置くと、隠してあったほうのボトルを出してきて、一口二口、ごくりといった。俺の喉が、猫みたいな音を立てた。

「変な話だよな。同じ場所なのに、あるひとにとっては帰りたい天国で、別のやつには地獄だなんて。しかも、憧れてるほうは戻れず、帰りたくないやつには他にいくところがない。ねーちゃんはおなかに赤ん坊がいるって理由で、地下に押し込められなくてすんだからね。だから、帰りたいなんて思えるんだよ」

あ。

俺ってば、つまんないこと話しちゃったな。〈聖母の庭〉についちゃ、あんたたちのほうが詳しいのにさ。

その晩、俺は眠れなかった。いろんなものを引き取ってもらったから、実家はがらんとしていた。俺の手に残っていたのは、荻原美奈子の写真だけだった。

じわじわ、じわじわ、思い出が甦《よみがえ》りつつあった。

あの日、七歳の俺は丸顔のお姉さんに声をかけられた。手をつないで、多摩川を渡った。お父さんに会えると思ったのに、暗い地下室のベッドのひとつにつながれた。臭くてじめじめしていて、ひどい場所だった。おまけに寒くて、ほとんど誰もこなかった。俺は泣きながら眠り、泣いて叫んで震えながらまた眠った。ようやく、しけった、まずいビスケットを持ったお姉さんが現れた。帰りたい、と俺は言った。丸顔のお姉さんは言った。

「あなたのお父さん次第よ」

あなたのお父さん次第よ。お父さん次第よ。次第よ……。

はっと目がさめた。

そのまま走って酒屋に飛び込み、アルコールを流し込みたい気持ちと闘って夜が明けた。明けたからって勝てた気はしなかったけど、とりあえず、冷水で顔を洗って、鏡を覗き込んだ。

俺の顔が俺を見返してきた。

クソの山を掘りに行くことにした。

〈パラダイス・ロスト〉はランチタイムで、行列ができていた。小さな店だから、カウンターに座席は五つ、大半の客は持ち帰りをしているようだった。俺は十五分並んでカウンターに座った。店にメニューは「カレーライス」の一種類だけ。座ったとたんに水が置かれ、何も言わなくてもカレーが出てくる。

カウンターの向こう側に、女の背中が見えていた。細く、丸い背中で、大鍋を熱心にかき回していた。水を出してくれたのは男だった。美奈子の赤ん坊の成れの果てだろうか、見上げるほどのでかさで、意味のよくわからない英語が書かれたキャップをかぶり、調理用の白衣を着て、口をきかなかった。狭いカウンター内で「赤ん坊」は滑るように動き、次々と持ち帰り用のカレーをつくって客に手渡していた。

アル中のくせに、アツシの舌は確かなようで、カレーはうまかった。うまみと甘みがあって、二口目の最後に辛さがどかんとやってきた。よく煮込まれた肉は柔らかで、ジャガイモと人参とキノコとなすが大きく切ってあった。嚙み締めると、スパイスがパキパキと音を立てた。

食べ終わったときには、汗みずくになっていた。後ろの客に椅子を譲って、外に出た。

ジンジャーエールを買って飲み、ランチタイムが終わるのを待った。

最後の客が出て行って、俺は〈パラダイス・ロスト〉に戻った。驚いたことに、美奈子がカウンターに座っていて、俺を見て微笑み、あごで椅子をさした。

「苅屋学くん。よね？」

美奈子は言った。写真の少女より頬が垂れていて、髪がぱさついていて、くすんでいたけど視線はまっすぐだった。橋を渡ったとき、駅前の公衆電話ボックスで俺を解放したとき、俺の手を握ったその手は、ゴツゴツと大きかった。

俺はなんと言っていいかわからず、溺《おぼ》れかけた子どもみたいに両手であたりにつかまりながら、ようやく椅子に座り込んだ。カウンターの中にいた大男が牛みたいな目で俺を見て、軽く瞬きをした。大男は俺より年下に見えた。たぶん、七歳ほど年下に。

美奈子が言った。

「文治《ぶんじ》、あんた休憩よ」

「コンビニのソフトクリーム？」

大男……文治は言った。美奈子はエプロンから財布を取り出し、小銭を数えて渡した。

文治は嬉しそうににこっと笑い、キャップを脱ぐとカウンターの上に大切そうに置いた。

文治は富士額で、おでこの真ん中が少しへこんでいた。

俺は美奈子を見た。美奈子は俺を見た。

「そういうこと」

美奈子は言った。

5

クソの山なんか掘るもんじゃない。それきり美奈子はなにも言わなかったし、俺も訊かずに帰った。訊く必要なんか、あるか？

文学青年崩れの教師が、十五かそこらの教え子を孕《はら》ませて、女の子は楽園のような養護施設を追い出されそうになり、たぶん問題の教師に助けを求めたが、教師はなにもしてくれなかったので、教師の息子を連れ出し、施設の地下のお仕置き部屋に閉じ込めておいたものの、警察が動き出すとどうしていいかわからず、施設で弟のようにかわいがっていた子に嘘をつかせ、教師はすべてを封印するために実の息子を脅し、親子関係は崩壊し、そのうち女の子が実の子を小学校で待ち伏せして連れ出しているのを知り、特徴のあるおでこを前髪で隠し……結局、親父は自殺した。

めでたしめでたし。

駅前に、ビールの自販機があった。よくガラスが割られて、いたずら書きがしてあって、周囲に空き缶と吸い殻が散乱しているけど、壊れちゃいなかった。ありがたいことに。残念なことに。

最初の一杯を飲み終えても、なにも起きなかった。うまくもなかった。考えてみれば、俺は「うまいから飲む」という時代を太古の昔に通りすぎてしまっていた。だから、もう一杯、飲んだ。幻覚も苦しみも起きなかったので、さらに何本かビールをやった。そのうち、アルコールの神が降臨《こうりん》してきた。魂と肉体を捧げると、お返しに忘却をくれる。あまりに苦しくて、つらくて、よけいなことを考える余裕もなくなる。

俺はお袋に助けられて縁を切った世界に、逆戻りした。

そのまま、実家に引きこもって、何日飲んでいたかわからない。気づいたら、手首は傷だらけで、おまけにネット経由で拳銃を買ってた。俺のカウンセラーが次の集会へのお誘いの電話をくれなければ、今でも実家にいて、腐ってたと思う。カウンセラーは俺を病院に入れた。医者も看護師も、情けない俺に優しかった。

それでも離脱は苦しかった。俺は何度も「あの顔」を見た。「あの顔」は親父になり、俺になり、文治になって、牛のように鳴いた。逃げようとすると、いつも行き先はあの地下室……。

つまり、ここさ。

こんなところに閉じ込められるような、どんな悪いことをアッシはしたんだろうね。どんな罪が俺にあったんだろうね。どう、シスター。閉じ込められる立場になってみて、この地下室は快適かい？

いいよ、答えなくて。今のは俺の知りたい疑問じゃないから。

退院するまで、四ヶ月かかった。警備会社はまた俺を雇ってくれた。数日おきに集会に出て、カウンセリングにかかるようにして、電話で誰かと毎日話した。そしてしばらくは、俺はこぶしが丘にも実家にも近づかないように気をつけていた。

さらに半年がたって、ようやくもう大丈夫と思えたので、いよいよ実家を売ることにして、不動産屋に頼んだ。ほったらかしになっていた間、庭に雑草が生えていたのでそれを取り除き、掃除をしたら、買い手が見つかった。先方は値切ってきたが、気にはならなかった。こんな古ぼけた物件を、買ってくれるだけでありがたい。

買い手は四人家族だった。三十代半ばの両親と、十歳の娘と、小学校にあがったばかりの息子。眺めが気に入った、と夫は言った。いろいろ手を入れたいと思ってるんです、と妻が言った。それがいい、と俺も答えた。

俺たちは駅前の銀行の支店長室で、厳《おごそ》かに契約を取り交わした。ローンを背負った父親は少しだけむっつりとしていて、他の家族は喜んでいた。俺はといえば、そのまま帰ることにした。

駅前のロータリーには、俺が「解放」された公衆電話ボックスがまだ、あった。その向こう側に、〈パラダイス・ロスト〉が見えた。正午すぎで、行列ができていた。一階が店舗で二階が住居という昭和な造りの建物を眺め、親父の蔵書があの店に化けたのかな、と思った。けど、それ以上考えないようにして、俺は視線を店から引きはがし、改札をくぐり、私鉄に乗り込んだ。

それが、この街とこぶしが丘、それに俺との最後……になるはずだった。

そうはならなかったけどね。

それからしばらくして、夕方のニュースでこぶしが丘の地名を聞いた。すぐにスイッチを消せばよかったのに、俺は音量をあげていた。近くに住む七歳の男の子が行方不明になったというニュースだった。俺の家を買った四人家族の男の子の顔写真が大きく映し出された。ニュースは一定の時間をおいて、繰り返し流された。多摩川の川浚《かわさら》いをする消防団や、忙《せわ》しく行き来する警察官の姿も流れた。歴史は繰り返されるって、ほんとの話なんだと思った。

そのうち、中継が始まった。記者は教会の前に立ち、レポートをしていた。地域の教会でも捜索のためのボランティアが集められていると、記者は言った。緊迫した表情だったが、背後でそのボランティアらしい大勢の人たちが、発泡スチロールの器に盛られたカレーをかきこんでいるので、滑稽に見えた。

ほんの一瞬、炊き出しのカレーをよそう荻原美奈子と文治の姿を見たように思った。子どもの命がかかった大変なときだから、特別に出入りを許されたのかもしれなかった。わずかな間でも、あんたたちのために働けて、母親や兄弟姉妹のなかにいられて、嬉しそうな美奈子の幻を見た。

誰かの命が脅かされて、喜ぶ。

シスター、あんた自分を残酷だと思ったことはないか。美奈子をそんな最低な女にしたのは、あんただもんな。

それほど残酷になれるのは、真実の愛を裏切られた女だけだよな。

おお、こわ。にらむなよ、シスター。でないと図星だと思っちゃうよ、俺。

あのときの男の子は、その後、どうなったんだっけ。無事に保護された？　トラックの荷台に隠れて岡山《おかやま》まで行っちゃってたって？　そりゃよかった。あれからニュースを見そこねて、気になってたんだ。あれ以上こぶしが丘を見続けたら、また自販機に駆け寄りそうだったんでね。君子《くんし》危うきに近寄らず、だよ。

おかげで俺はしばらく、酒のことなど考えずにすごせた。まったく誘惑がなかったわけじゃない。この国には、依存症の人間になんの悪意もなく酒を勧める悪魔がごろごろいる。悪意がないどころか「ボクって、誰にでも酒を勧めるいいヒト」のつもりでいやがる。恐ろしいけど、面と向かってそんなこと言えない。でもって、しつこく勧められて、逃げられなくなって、飲んで、再発しても、勧めた人間は罪にならない。飲んだお前がバカなんだ、なんで断らなかったんだ、と言われる。

思うに、相手がアル中なのを承知の上で酒を勧めるようなやつは、麻薬の売人と同じだよな。逮捕して罰金をとりたてたらどうだろう。初犯で五百万円くらい。依存症の治療に国が支出している金額考えたら、安いくらいだよね。

おっと。

俺のせいで出動した警察の経費は、どうなってんだろうな。

大勢来てるんだろうな。機動隊とか、なんか、特殊部隊みたいなやつらとか。いろいろ装備も用意してたりして。

早く終わらせないと、税金がどくどく出てくって感じかな。

それじゃ、少し急ごうか。

あの七年前のニュースを別にすれば、俺はなんとか暮らしてた。実家を売った金で、こぢんまりした古いマンションを買った。毎日風呂に入り、ひげをそり、一ヶ月に一度は床屋に行った。たまに新しい服も買った。ただし、友だちはできなかった。なにしろ、物心ついて以来、学校のクラスで一緒になるか、酒場で隣り合わせる以外の人間と親しくなったことなんかない。友だちって、どうやって作るんだ？　いや、女友だちがいいんだけど。仕事場と、自助グループの集会と、テレビ、たまにカウンセラーが話し相手。それだけで、酒に戻らずにすむ程度には、俺は幸せだった。ある日、一本の電話がかかってくるまでは。

受話器の向こうからは、すすり泣きだけが聞こえてきた。集会で知り合った人たちの顔が次から次に浮かんだけど、どれもしっくりこなかった。電話を切ろうかと思ったけど、怖くてできなかった。ささいなことで、蜘蛛の糸はぷっつり切れて、地獄の底へ落ちて行きました、ってことになりかねないのは、俺と同じ経験者なら誰でも知ってる。

そのうち、唐突に、俺には相手が誰だかわかった。

「文治か」

俺は訊いた。電話の向こうですすり泣きが号泣になった。

どうしてそんな気になったのか、とにかく俺は部屋着にしているスウェットの上下を脱皮するみたいに着替え、近くの通りでタクシーをつかまえた。

〈パラダイス・ロスト〉のシャッターは下りていたが、隙間から光が漏れていた。シャッターを殴り続けると、しばらくして文治が出てきた。大きな身体でしょげかえっていて、牛みたいな目からはひっきりなしに涙がこぼれ落ちていた。

美奈子は奥の部屋で、棺《ひつぎ》に入っていた。安っぽい棺で、ドライアイスがみしみしと音を立てていた。文治はちょこんと膝を折り、聖書を広げて小声で読んだ。

「イエスはパンを取り、賛美の祈りを唱えて、それを裂き、弟子たちに与えながら言われた。『取って食べなさい。これはわたしの体である』」

あんまり葬式っぽい箇所じゃないなって、俺は思ったんだけど。まあ、それは俺が聖書に詳しくないからなんだろうけど、あんたたちなら、なにかわかる？　マタイによる福音《ふくいん》書《しょ》、主の晩餐《ばんさん》？　へえ……さすがだね。そう、晩餐。

ああ、失礼。ちょっと気分が悪くなっただけだよ。

話を続けるね。

俺は文治の隣に座った。人生で三度目の丸顔は化粧気もなく、鼻の穴に綿《わた》を詰められていた。花はなかった。

親父の息子として、このひとには申し訳ないと思うべきなんだろうけど、そう思ったら負けだとも思った。そうなると、このひとのためにはどんな言葉も浮かばなかった。俺はしばらくして咳払いをすると、文治に訊いた。

「病気か?」

文治はうなずいて、自分の胸をどんどんたたいた。心臓が悪かったのかもしれない。荻原美奈子は、俺とは八つしか違わないんだよな、と俺は思った。

「自分が死んだら俺に連絡しろって、美奈子……さんが言ったのか」

俺は文治に尋ねた。文治はうなずいて、紙を差し出した。そこには俺のケータイ番号が記されていた。たぶん、アッシから聞き出したんだろう。文治が言った。

「ママは〈聖母の庭〉に帰りたい」

俺はうなずいた。うなずくのを待って、文治は言った。

「ママはシスターの胸に、兄弟姉妹の胸に、帰りたい」

俺はうなずいた。

「お墓を買うお金は貯金してある。でも、シスターはダメだって言った。ママは汚れた女だから、聖なる場所には埋葬できません、って」

そして文治は、訴えかけるような目で俺を見た。

「でも、ママはシスターや兄弟姉妹の胸に帰りたい」

こういう場合、俺にどうしろって言うんだ。なにもかも忘れて家に帰れとでも？　あんたたちならどうした？　なあ、シスター、あんたなら汚れた女を放り捨て、泣いている弟を見捨てて、安全でおきれいなあんたたちの場所に戻って、神に祈りを捧げるんだろうな。

俺は翌朝、〈聖母の庭〉に電話をかけ、シスター、あんたとの約束を取り付けた。あんたは会ってくれたけど、教会の門のところでね。荻原美奈子の息子の代理と名乗ったからだろうよ。俺たちを通じて、あんたたちの楽園に毒が吹き込まれるとマズいもんな。

ていうか、門前払いをするために、かな。

シスター、あのときのあんたの取り澄ました顔は、いまも目に焼きついている。

荻原美奈子は死んでも〈聖母の庭〉には戻れません。あれは汚れた女です。

シスター、あんたはそう言った。文治が手の甲で涙を拭いながら、ママをシスターの中に帰してください、兄弟姉妹の胸に帰してください、そう懇願しているのにな。

どうしてあそこまで冷たく断れるのか、理解できないね。十五歳の無垢な女の子が、文学青年崩れのサイテーの教師にだまされた。どう考えたって、美奈子は被害者だろ。おまけに生きているうちにさんざん罰を与えたんだ、いいじゃないか、許してやったって。あんたは慈悲《じひ》と許しの専門家なんだろうに。それとも淫売に石を投げつける資格が、あんたにはあったのか？

なあ、なんでだ？

ま、いいや。俺が訊きたい質問は、これでもないから。どうせほんとのことは答えないんだろうしね。

あんたに追い払われて、俺と文治は〈パラダイス・ロスト〉に戻った。俺は文治に言った。あきらめろ。おまえのママは天国に行ったんだから、そこはきっとあんなクソ意地の悪いシスターなんかが巣食ってる〈聖母の庭〉なんかより、何百倍も、何千倍も、いい場所なんだから。俺は行ったことがないし、死んだ後、天国に呼んでもらえるかどうかも怪しいけど、おまえのママは行けるだろう。

神様は、シスターや兄弟姉妹よりは、心が広いはずだから。

「ママは〈聖母の庭〉のみんなと一緒だったときが、最高に幸せだった」

文治は言った。

「ママは死んだらみんなのもとに帰りたい。みんなの中に戻りたい」

それはあきらめるしかない、と俺は言った。文治は首を振った。俺はさらに言った。でも、あきらめるしかないんだよ、と。

文治はまるで軽蔑するように俺を見て、首を振った。

「ママは戻りたい」

焼き場が混んでいるとかで、火葬にふすのは五日後ということだった。その頃までにはさすがの文治もあきらめているだろうと、俺は無理矢理に自分を納得させて、日常に戻った。警備の仕事に行って、帰りに集会に寄って、カウンセラーと話をしているうちに、いいことを思いついた。教会に忍び込んで、遺灰《いはい》を〈聖母の庭〉の中庭にまいてやればいいじゃないか。

なにも忍び込まなくたって、門から教会へと流し込んだっていい。俺と文治がふたりして、うなぎを焼くみたいにうちわで風を作り、美奈子の遺灰をあおいでいるところを想像すると、なんだか愉快だった。

## 6

駅から家に帰るまで、俺はずっとニヤニヤしていた。

でも、俺がにやけていられたのも、家に帰ってテレビをつけるまでのことだった。テレビからこぶしが丘の名前が流れてきた。こぶしが丘で、子どもが行方不明。教会を拠点にして捜索のためのボランティアが集まっている。教会門前からの中継。深刻な顔の記者。背後にカレーを食べる人々。

デジャ・ヴかと思った。あるいは悪夢かと。でも現実だった。また、こぶしが丘で子どもが消えた。俺のときと同じように。七年前と同じように。

俺はバカみたいにテレビの画面を眺めていたけど、家を飛び出して、私鉄に乗り込んだ。電車に揺られている間中、考えていた。子どもが行方不明。美奈子が生きていたらさぞ喜んだだろう。おかげで、入りたくても入れない、戻りたくても戻れない、あの楽園に、〈聖母の庭〉に、たとえ一時でも戻れるのだから。

……偶然か？

電車が駅に着いて、見ると〈パラダイス・ロスト〉は真っ暗だった。裏に回ったが、でかいゴミ用バケツがあるだけだった。俺は考えた末、教会へ駆けつけた。

教会の前の多摩川は、サーチライトで明るく照らされていた。大勢の人がいなくなった子どもの名前を呼んでいた。その子どもは、このあたりでいなくなったんだと、大声で解説しているおっさんがいた。たぶん、川に流されちゃったんじゃないか。数日前から水かさが増してたし。

俺は多摩川をあとに、教会へ向かった。数日前、俺と文治を閉め出した門は大きく開いていて、大勢の人たちが出入りしていた。入口で呼び止められたが、〈パラダイス・ロスト〉の手伝いだと言うと通してもらえた。俺は中庭へと通り抜けた。

警備本部や消防団のテント、医療テントと並んでいる隅に、大鍋が置かれたテントがあった。テントの裏には〈パラダイス・ロスト〉と書かれたバンが停まっていた。前には真面目くさったような下手な字で〈たきだし〉と大きく書いた紙が貼ってあった。

文治はひとりだった。いつものキャップをかぶり、白衣を身につけていた。すばらしいスパイスの香りが周囲に立ちこめていた。聖母マリアが東方《とうほう》の三賢人《さんけんじん》から受け取ったバースデイ・プレゼントって、あんな匂いだったのかもな。

文治は黙々とごはんを発泡スチロールの皿に詰めてはカレーをかけ、スプーンを添えて人々に差し出していた。美奈子が生きていたときと同じように。

文治は俺を見つけると、にっこり笑って手を振った。俺は、なんだか恥ずかしくなって、急いでテントに行き、盛りつけを手伝った。文治が飯を盛り、俺がカレーをよそう。カレーを待つのは消防団のひとたち、近所のひとたち、とにかく駆けつけたボランティアたち。疲れきって、足を引きずっているヒトや、水に濡れている人たちもいた。百合の柄のバンダナを首や腕に巻いたあんたたち。以前、うちに来たボランティアの中年女性たちも並んでいた。シスターまでやってきた。

みんな、俺の手からカレーを受け取った。そして、その美奈子のカレーを食べていた。幸せそうに見えた。カレーを盛りつけているとき、不思議な安心感を感じて、俺はなぜだか泣きそうになっていた。

誰かが言っていた。災厄《さいやく》は人々を団結させ、つかの間の楽園を生み出す、と。

楽園。

ほんの一瞬、俺は美奈子が〈聖母の庭〉に固執した理由がわかったような気がした。

やがて行列が途絶えた。肉と野菜がわずかに残ったカレーを俺と文治が分け合って食べたら、全部なくなった。俺たちは鍋をバンに積み戻し、ゴミになった発泡スチロールの皿をゴミ袋に入れて、テントをたたんだ。ひとりで料理して運んで設営までして、すごいな、と言うと、文治はちょっと頬を赤くした。

「準備に時間、かかった。やらなくちゃならないこと、多くて」

「ママがいなくなったんだ、当然だろう」

「たいていのことは、ママが教えてくれた。ひとりでもできる。でも、教えてもらわないこと、考えて、やらなきゃだから」

俺たちはバンに乗って教会を後にした。まだ子どもは見つからないらしく、夜を徹して捜そうという人たちが大勢、残っていた。

「明日も炊き出しに来るのか」

俺は文治に訊いた。文治は真剣そのものの顔でハンドルを握っていた。

「もういい」

「もういいって?」

「材料がなくなった」

買いに行くならつきあおうかと言いかけて、俺は大変なことに気がついた。文治は免許を持っているのかどうか。美奈子が運転を教えたとしても、正式な試験に通ったとは思えなかった。が、聞くのも怖かった。

自動車免許の話だけではない、美奈子に死なれて、文治はこの先ひとりで大丈夫なんだろうか。金勘定はできるのか。家賃は、光熱費は、税金の申告は。保健所に対応できるのか。調理師免許は持っているのか。

考えていると、不意に、俺はかつて感じたことのないような喜びを感じた。俺は文治の世話をする、いや、しなくちゃならない。だってひとりにしておけないから。誰かが面倒をみなくちゃならない。それが俺であってなぜ悪い。富士額で、おでこの真ん中がへこんだもの同士、助け合ってなぜ悪い。美奈子だって、そのつもりがなかったら、俺のケータイ番号を文治に渡したりしなかったんじゃないか。

運転席で、文治は大マジメに鼻歌を歌っていた。

これもまた、楽園だろうか。美奈子の死と、小さな子どもの行方不明と、二つの災厄で得られた楽園。

〈パラダイス・ロスト〉に着くと、俺は当然のように文治について店に入った。奥の間には、安っぽい棺があった。蓋がきちんと閉められていた。そして、小刻みに揺れていた。揺れてたんだ。

文治は鍋をバンから下ろし、鼻歌を歌いながら、厨房に運び込んでいた。俺は棺を開けた。

棺には美奈子の姿もドライアイスもなかった。空っぽだった。ただ、さるぐつわをされた子どもが横たえられていて、おびえたような目で俺を見上げていた。

なんていうのかな、時空を超えてメビウスの輪にはまったような気がしたよ。今度はガキの頃の俺が、俺に憑依しちまったみたいな、俺が棺桶《かんおけ》に入った俺を見下ろし、棺桶に入った俺が青白い顔で俺を見下ろす俺を見上げている……。

どうしていいかわからず、俺はその場にへたりこんだ。文治が鼻歌を歌いながら戻ってきて、俺と棺を見た。

「おまえがやったのか」

俺の声は、畜生、情けないほどかすれてた。長押《なげし》から飛び出たフックに、文治はキャップを丁寧にかけた。そして言った。

「ママは〈聖母の庭〉に戻りたい。なにかが起こらないと、帰れない」

俺は口をぱくぱくさせていた。文治はそんな俺を哀れむように見て、そして言ったよ。

「前にもあった。子どもがいなくなって、教会に炊き出しに行った。子どもがいなくなれば、教会に入れる」

冗談じゃないぞ、と俺はわめいていた。文治はきょとんとしていた。確かに、やつの考えは筋が通っている。教会に入りたい。ふだんは入れない。子どもがいなくなる。教会に入れる。なので、子どもをいなくする。

考えて、やらなきゃだから。

「どうするんだよ」

俺は言った。文治は不思議そうに俺を見て、棺を見た。

「返しに行く。子ども。もう、いらないし」

そういうと子どもを棺から取り出し、さるぐつわと縄をほどいた。

自由になっても、子どもはしばらく動かなかった。怖くて動けなかったんだろう。もしそのとき、俺が子どもの首を押さえて揺すり、

「なにがあったか誰にも言うんじゃない。なにも覚えていないって言うんだ。でないと大変なことになる。いいな、黙ってろ」

と、脅したら、どうなったかな。子どもは俺や文治のことを誰にも話さなかっただろうか。話せなかっただろうか。

でも、そんなチャンスはなかった。知っての通り。文治は子どもを連れて、黙って出て行った。俺は店を飛び出して、やってきた電車に飛び乗った。家に戻り、布団に潜《もぐ》り込んで息をひそめた。飲みたいとか思っちゃダメだ、というフレーズが頭をよぎり、だけどそのフレーズが浮かぶと同時に酒の香りが鼻先に漂った。処方された眠剤《みんざい》を飲んで、しらふのうちになんとか眠った。

翌朝から、子どもの保護と文治の逮捕でテレビはにぎやかだった。文治は子どもを誘拐した理由を、まだなにも話していないようだった。ただし、子どもの捜索のボランティアに、カレーの炊き出しをしていたことは報道されていた。どこの局のどのキャスターも、これを図々しいにもほどがある行為と受け取ったようだった。子どもをさらっておいて、一所懸命それを捜している人たちに炊き出し？　どういう神経してるんだ。

昼過ぎになって、文治が母親を亡くしたばかりで精神年齢がかなり低い、ということがテレビで流れた。俺は、あることに気づいて、いてもたってもいられなかった。俺だって一緒にカレーを配ったんだぜ？　今頃、警察もあのカレーお手伝い男は誰だと捜しているだろう。文治の知能程度を考え合わせるなら、ことによると、俺が首謀者だ、なんて大きな誤解をしているかもしれない。

名乗り出るべきだろうか、俺は考えたよ。

名乗り出るんだったら、ゆうべのうちだったな、と思った。だって、警察は信じるだろうか。俺がこれまで話してきたこと、俺と文治の関係、文治が望んでいたこと、すべてはシスターが美奈子を楽園から追放したことから始まったんだって……。

なんだって？

シスター、あんた今、なんて言った？

怒鳴ってないよ。そうだ、怒鳴ってない。

これが俺の地声だよ。心配しなくたって、地下室から声が外に漏れることはない。ここを取り囲んでいる警察は、俺たちの話を聞くために、どこに俺がいて、いまどういう状況なのか知るために、とんだ苦労をしてるだろうよ。

なんて言った、シスター？

美奈子が汚れた女だったから、こうなっただって？

おまえがそんなこと言えた義理か？

……おい、にらむなよ。にらんでんじゃねえよ。

いい加減にしろよ。

こんなことになったのは、全部おまえのせいじゃないか。もちろん、一番悪いのは親父だ。だが、おまえがもう少し美奈子に優しければ、あんな村八分《むらはちぶ》みたいな拒絶をしなければ、こんなことにはなってねえ。俺だって、こんなところで立てこもり犯になぞなってねえし、おまえ以外の〈聖母の庭〉の美奈子の兄弟姉妹だって、クソ寒い地下室に閉じ込められたりしてねえんだ。

全部、なにもかも、おまえが悪いんだ。おまえの狭量《きょうりょう》が、意地悪さが、冷たさが、すべて悪いんだ。

撃ち殺してやりたいよ。

……やればいい？

やらねえよ。

おまえだけ死んで楽になるなんて、許さねえよ。俺がこんなに怖い思いをしてんのに。わかってんのかよ。

それに気づいたとき、俺はもう、警察に出頭するとかなんとか、それどころじゃなくなったんだ。昔、自殺用に買っておいた拳銃取り出して、喉まで突っ込んで、引き金を引く寸前まで行った。だけど、どうしても死ねなかった。もし……そうなら、地獄に堕《お》ちる。死ねない、怖くて死ねない……。

ああ、そうだよ。飲んだぎ。そんな、ひとを軽蔑するような目でにらんでんじゃねえ。俺は確かに意志薄弱な負け犬だよ。でも、一口だけだ、飲まなきゃ気が狂いそうだったんだ、酒屋に行って、ウイスキーを一口やって、瓶《びん》は叩き割った。そうしてここに来たんだ、あんたたちから答えを聞くために、どうしたって聞かなくちゃならないんだ、こんなもん振り回して悪かったけど、でも、知らなきゃならないんだ……。

今の音は？

時間切れか？　警察が来るのか？　抵抗したら、撃ち殺してもらえるのか、撃ち殺されたら俺はどこに行くんだ？　おかしいな、おかしいだろ、俺は今日までなにも悪いことはしてこなかった、弱くてダメなヤツだけど、悪い人間ではなかった……。

それじゃあ、俺が本当に知りたかった質問をさせてくれ。頼むから、マジで答えてくれ。俺の脳みそはアルコールに殺されたのか、いろんな言葉が頭の中をくるくる回る、ママは死んだらみんなの中に帰りたい、シスターの胸に、兄弟姉妹の胸に戻りたい、子どもがいなくなれば楽園に入れる、楽園に入って炊き出しをあんたたちに食べさせられる、美奈子の死体はどこに行った？　棺にはなかった。主の晩餐、主の晩餐、それで、

あの、カレーの肉は……

# 道楽者の金庫

1

また、家鳴《やな》りがした。それも、ごく近くで。

長い間、無人になっていた古い家だから、家鳴りくらいしても不思議ではない、とわたしは自分に言い聞かせた。神経質になっているだけだ、なにしろ大勢のこけしがじっとこちらを見ているのだから。その視線の強さに、あらぬことを想像しているだけなのだ、と。

ため息をついて、背を向けた。それがいけなかった。だいたい、長い間、ひとりで生きてきた女は、他のなにを信じなくとも、自分の神経だけは信じるべきだったのだ。

そう気づいたときには手遅れだった。家鳴りよりもはるかに大きな物音がして、振り返ったときには巨大な棚がこちらに向かって倒れてくるところだった。棚に並んでいたこけしたちが、愛らしく微笑みながら雪崩《なだれ》を打って降り注いできた——。

2

「すみません、こっちにも本がありました」

声をかけられて、わたしは顔を上げた。ぱりっとした制服姿の遺品整理人・真島進士《まじましんじ》が軍手をはずしながら、奥を示している。

「押し入れの中ですよ。古い本ばかり、段ボール箱に入ってます。見てもらえますか」

いま、本棚から本を出していて手一杯なのが見えないのか、と怒鳴りたいところだったが、せいぜい愛想笑いをして、見に行った。真島は悪い人間ではない。むしろ親切だ。ただし相手の状況に対する想像力がまったくない。要するに、男ってことだ。

段ボールに詰まっていたのは、技術系のテキストだった。

「これは値段がつきませんね。捨てちゃっていいと思います」

「わかりました。こちらでやっておきます」

真島はアルバイトらしい若者たちに指図して、てきぱきと荷物を運び出しにかかった。わたしたちがいる後宇多《ごうだ》邸は、建坪百はあるだろう、広大な平屋《ひらや》のお屋敷である。和室が多く、収納が少なく、下手をすると片づけられない女の住む六畳間より荷物は少ないかもしれないが、家全体を空《から》にするには時間がかかる。わたしのような立場の人間を、思いやっている場合ではないのだろう。

並んでいるミステリを箱詰めする作業に戻った。

わたしは葉村晶という。国籍日本、性別女。以前は、長谷川探偵調査所という興信所と契約しているフリーの探偵だった。

今も探偵を辞めたわけではない。しかし、長谷川所長が寄る年波で引退を決め、事務所は数ヶ月前に閉鎖された。長谷川が契約していた大手のリサーチ会社には、わたしを買ってくれている人間もいないわけではなかったが、そこの社長の甥《おい》とトラブったことがあったため、おいそれと鞍替《くらが》えはできなかった。早い話、現在、探偵仕事は開店休業中である。

四十をすぎて、仕事をなくしたわけだから、我ながらもっと焦ってもいいようなものだが、不思議と気持ちはのんびりしていた。二年前の震災の直後から、長谷川所長は事務所を閉める意向を表明していたので、天から降ってきた話というわけでもなかった。起こるべきことが起きただけだ。

それに、調査の仕事はきついけれど、ギャラはよかった。一方でわたしは物欲に乏しく、趣味もなく友だちも少なく、家族とは縁を切っているようなもので、男もいない。おかげさまで、たいした金も使わずに二十年。明日にも飢え死にをする、なんてことにならない程度の貯《たくわ》えはあった。

どういうわけか、人間、切羽詰まったときよりも、多少なりとも余裕があるほうが物事はうまく転がる。ヒマになったので吉祥寺をぶらつき、井《い》の頭《かしら》公園のベンチで読書をしていたら、知り合いから声をかけられた。吉祥寺にある〈MURDER BEAR BOOKSHOP

殺人熊書店〉というミステリ専門書店の店主で、富山泰之《とやまやすゆき》という人物だった。五年ほど前、この書店のイベントで、探偵の仕事について話したことがあったのだ。

富山はわたしの近況を知って驚いたようだったが、彼のほうにも大きな変化があった。わたしが訪れた頃、書店は吉祥寺の商店街のはずれにあったが、再会の数ヶ月後に賃貸契約が切れることになっていた。三人のオーナーのうち、一人が亡くなった。残った富山と、テレビ局勤務のかたわら会社に内緒で書店を続けている土橋保《どばしたもつ》は、店を閉めようかと話し合ったそうだ。

「ところが、折よく……なんて言ったら罰が当たりそうですが、土橋くんのお母様が亡くなりまして、彼は古いアパートを相続したんですよ。吉祥寺の、こちらはもっとはずれの住宅街の中にあるんですけどね。このアパートをリノベして、一階を三部屋ぶち抜いて書店にしました。二階をイベントスペースにして、来月から店を再開する予定だったんですが」

富山は情けなさそうに、自分を見下ろした。彼は松葉杖をついていて、右足は昨今珍しいほど大きなギプスに収まっていた。

「自宅の階段から落ちまして」

「大変ですね」

「そうなんですよ。大変なんですよ。いまの店の本を箱に詰めて、向こうに運んで並べ直さなきゃだし、注文した本棚は届かないし、猫は引っ越しを嫌がって暴れるし、ウェブも更新しなくちゃならないし、新装オープンのイベントの案内を出さなきゃならないし。いやあ、そうですか。葉村さん、お仕事辞めてヒマですか。そうですかそうですか」

話はトントン拍子に進んで、気がつくとわたしは、しばらくの間〈MURDER BEAR BOOKSHOP〉のバイト店員として働くことになっていた。そういえば以前の講演のときも、たんに富山から探偵の話を取材させてくれ、と言われただけだったのに、気がつくと講演会を開くことになっていたわけで、どう考えたって採算などとれないであろう専門書店が、何年も持ちこたえている理由がわかる気がする。

探偵稼業だけでは食べていけなかった時代、古本屋でバイトした経験があった。ミステリもそこそこ読んでいる。気分転換には願ってもない仕事だと思ったのだが、これがキツかった。本屋は肉体労働である。重い本をあっちに運び、こっちの本棚に並べ、買い付けた本を分類する。〈MURDER BEAR BOOKSHOP〉は新刊と古書を両方扱っているから、手続きもややこしい。やや不便な場所に移ったため、ウェブ上の案内が重要になってもいる。

開店は間近、やることは山ほどあった。背中が痛み、足がむくみ、手が荒れ、埃で鼻水が垂れ、脳みそが沸騰しそうになる。否《いや》が応《おう》でも自分が四十過ぎだということを、毎日思い知らされた。トシをとるということは、疲労回復用の精力剤と、入浴剤と、湿布《しっぷ》への出費が増大する、ということだ。

それでも、新しい仕事は楽しかった。書店は、一見すると古ぼけたアパートにしか見えなかった。道に面して三十センチ四方の看板に、英語日本語双方の店名と、左手で本を持ち、右手で血の滴《したた》る包丁を振り上げたクマさんのイラストを記してあるだけだ。天気がよければその後ろに三冊百円本のワゴンを置いたから、通りがかりのひとにも、ひょっとすると本屋かな、とわかったかもしれないが。

打って変わって店内は、きれいにしつらえられていた。床はざらっとした木の床。本棚も木製で、計算されたライティングのもと、本が二割増おしゃれに見えた。ミステリ作家のサイン入り写真が天井近くに並べられ、客をじろりと見下ろしている。値打ちものの古書は、修道士カドフェルのフィギュアやホームズの指人形、ベイツ・モーテルのアメニティ・セット、エドワード・ゴーリーの猫ハンコといった非売品のミステリグッズと一緒にガラスケースにおさめた。この店には看板猫がいたが、猫はたいていこのガラスケースの上に長々と寝そべり、客の視線を邪魔していた。

二階にはカフェ・スペースもあった。といっても、紙コップとコーヒーメイカー、古いソファが数点置いてあって『コーヒーをどうぞ』という貼り紙があるだけではあった。富山店主は夕方になると現れ、危なっかしい外階段を松葉杖でなんとかのぼり、このカフェに居座って、常連たちとのミステリ談義に花を咲かせていた。古書の値つけはわたしではできないので、古物商許可証を持っている富山のもとに本を運んで見てもらう、というシステムができあがった。そのうち富山は週に何度も、この二階のソファに寝泊まりするようになった。

ともあれ、井の頭公園で富山と出会って一ヶ月後の秋、〈殺人熊書店〉は無事に新装開店した。オープン三日は大盛況だったが、それをすぎると、平日の昼間はヒマになった。ある日など、十二時に開店して夕方の六時まで、客はおろか宅配便も、五十円玉二十枚を両替してくれと言ってくる人間も来なかった。以前の店舗は商店街にあったから、ぶらっと入ってくる客もそこそこいたようだが、住宅街でそれはない。

そこで、平日は夕方からのオープンに変更して、わたしのバイト時間も短くなることが決まった頃、土橋保がミステリの買い取りの話を持ってきた。

「昔、取材させてもらった真島進士くんっていう遺品整理人が独立したんだけどね」

閉店後、残ったコーヒーを三人で分け合って飲んでいるときに、土橋が言い出した。

「今度の家からは、いいミステリが出るだろうって言うんだよ。よかったらうちで引き取らないかって。古いミステリは専門店にでも持ち込まないと値段なんかつかないだろ。うちじゃ、大歓迎だと思うって言ったら、喜ばれたんだけど……葉村くん、どうかな」

「どうって、いい話だと思いますけど」

答えると、土橋は手を打って、そそくさとコートを着ながら立ち上がった。

「それじゃ、明日午前十時に。これ、その家の住所。時間厳守でね」

「はあ？」

「よろしくね」

普通、遺品整理人が引き上げてきた蔵書を、まとめて持ってきてもらうんじゃないのか、と言い返すヒマもなかった。土橋は職場では有能として知られているらしいが、日本の企業における「有能」とは、「面の皮が厚く、平気で部下をこき使える」という意味である。となると評判通り、たしかに土橋は有能だ。

高齢者の孤独死がニュースではなくなって、何年になるだろうか。遺品整理という仕事ももはや珍しくなくなった。わたしも手伝わされた経験があるが、何週間も遺体が発見されなかったひとや、何年も病と闘っていたひとの遺品には、悲しいことに、カビと甘ったるい腐臭が入り交じったような、いわゆる「死臭」が染みついていることがある。

本も例外ではない。この臭いばっかりは何週間、陽光にあてても抜けるものではない。

たとえレアな稀覯本《きこうぼん》でも、そういう本を売るわけにはいかないんじゃないか、といぶかしみつつ、出かけてきたのだが、杞憂《きゆう》だった。この後宇多邸、さすがに豪勢なお屋敷で、本はご当主の寝室から離れた北向きの小部屋にほぼ、おさめられていた。古くて黒い巨大なダイヤル式の金庫と、本棚しかない部屋。江戸川乱歩原作の映画で、こんな部屋を見たことがあるような気がする。聴診器を金庫にあてた怪盗が、

「右に三十六、左に十八、右に七十三」

などとダイヤルを回転させて、秘宝を盗み出す部屋。こういう場所をなんと呼ぶのだろう……金庫室？　書庫？　庶民には想像もつかない。

持ち主の趣味がよかったらしく、蔵書はわたしのような素人にもそれとわかるほどの粒ぞろいだった。おまけに、ここ数十年の新しいものはない。全部がアンティークと言えるほどの年代物ばかりだ。

状態のいい古いハヤカワ・ポケット・ミステリがどっさり。レアな創元推理文庫がごっそり。きれいなダスト・ジャケット付きのハードカバーの原書も何冊かあって、アガサ・クリスティーのものなど、てっきり廉価《れんか》版、つまりブッククラブ版かと思ったら、そのマークが見当たらない。クリスティーなら世界中に欲しがる人間がいることくらいは、わたしでも知っている。ひょっとして、けっこうな価格になるのかと思ったら、手に汗が吹き

出てきた。

持ってきた段ボールに本を丁寧に詰めていき、他の箱とまぎれないように〈MURDER BEAR BOOKSHOP〉と、大きく書き殴った。蔵書の大部分はミステリで、これは全部で七箱になった。他に、民芸や焼き物関係の本もあった。とりあえず、本はミステリ以外のものもすべて引き取ってくれと言われているので、箱を別にして同じようにパッキングした。

この手の本は美術書で重たいものが多く、興味がないせいもあって、箱詰めもいささか面倒だったが、中には面白い本もあった。布張りの小ぶりな本だが、表紙に小さなこけしが埋め込まれているのだ。タイトルからしてこけしの本らしい。

こけしの本にこけしを埋め込むとは、楽しい趣向だ。感心して眺めていると、真島が声をかけてきた。

「あっちにはこけしだらけの部屋がありましたよ。ご当主が集めてたんでしょうね。全部、うちで引き取ることになりましたけど、どうしたらいいのやら。残された人形とか、お寺さんに頼んで供養《くよう》してもらうんですが、何百もあるから、お焚《た》き上《あ》げがどんど焼きになってしまう」

思わず笑ってしまった。真島は嬉しそうに首に巻いたタオルをとって汗を拭き、段ボールのひとつに腰を下ろした。ミステリではなく、美術書を入れたほうの箱だったので、蹴飛ばすのはやめにした。

「ここのご当主って、ずいぶんお金持ちで多趣味だったみたいですね」

作業を続けながら尋ねると、真島は肩をすくめた。

「後宇多家っていうのはこのあたり一帯の土地をたくさん持っていた、古くからの地主なんですよ。つい先日までこの家で暮らしていたのは、後宇多啓介《けいすけ》っていう八十八歳の当主だったんですが、その死に方がねえ」

思わせぶりな顔つきをする。遺品整理人がこんなにおしゃべりでいいのだろうかと思ったが、兼好法師《けんこうほうし》の昔から、言いたいことは言っちゃったほうが精神衛生上良し、というのがニッポンの伝統である。

「どういう亡くなり方だったんです？」

「それが、よくわからないらしいんです。後宇多啓介氏は三年ほど前、大震災の少し前から脳溢血《のういっけつ》の後遺症で寝たきりで、あっちの」

真島は奥を指した。

「こけし部屋の隣にある日当りのいい寝室にひとりで寝ていて、住み込みの家政婦が面倒をみていたそうなんですけどね。昼間、ちょっと買い物に出かけて戻ったら、啓介氏がこけし部屋に倒れていたそうなんです」

「寝たきりの人間が」

「外傷《がいしょう》があったわけじゃなくて、解剖《かいぼう》の結果、死因は心臓発作だったそうなんですけどね。ひとりじゃトイレにも行けない人間が、ベッドを出て、十二畳の部屋を横切って、倒れてたって、変でしょう。おまけに、啓介氏の周囲には棚から落ちたこけしが散らばっていたそうなんです。このあたりじゃ指折りの資産家がそんな亡くなり方だったんで、警察も事件性を疑ったと聞いてます」

言われてみれば、そんなニュースをどこかで読んだ記憶があった。後宇多とは珍しい名前だから、覚えていたのだろう。

「で、結局どうなったんですか」

「家政婦が出かけている間に、このお屋敷を訪ねてきた男をピザの配達人が見たって目撃証言もでたみたいなんですけどね。誰だか特定はできなかったし、結局は、捜査打ち切り」

真島は両手を広げた。

「啓介氏には認知症の症状もあったそうなんです。なんらかの理由で、啓介氏が自らベッドを出て、死にものぐるいで這《は》いずって、隣の部屋へと出た。そこで棚のこけしに手を伸ばしたところで力つきた。事件性なし。というのが警察の結論です」

妙は妙だが、自然死、というわけだ。

「後宇多さん、家族はいなかったんですか」

「後宇多時実《ときみ》っていう娘がいますよ、われわれの依頼人ですが。他に身寄りはなくて遺産は丸ごと彼女がもらうんじゃないかな。このお屋敷を取り壊して、跡地にマンションを建てるそうです」

「娘さんはここには住んでいなかったんですか」

「啓介氏が再婚した二十年前に家を出て行って、最近じゃ都心でひとり暮らしをしてたそうです。二度目の奥さんは、こけしを作る職人さんの妹だったそうで、こけし収集のかたわらナンパしたんですかね。このひとも五年ほど前に病死したけど、時実は戻らなかった。啓介氏も気の毒ですよ。親子の間にいろいろあったとはいえ、こんなだだっ広いお屋敷に、たったひとりで暮らしてたったひとりで亡くなったなんて」

狭くて心寂《うらさび》れたアパートで、世話をしてくれる家政婦もなくひとりで暮らしてひとりで亡くなっていくお年寄りもたくさんいる。わたしなら、大金持ちの道楽者じゃなくて、彼らに同情する。

箱詰めが終了したので、富山から借りたワゴン車に段ボールを運び込んだ。真島は若者たちを呼んで、手伝わせてくれた。若いってすばらしい。わたしひとりなら三十分はかかりそうだったのに、五分とかからず積み込みが終了した。

真島に礼を言って帰ろうとしたとき、ワゴン車の正面に女性が立ちはだかった。絶対にひとの手を借りなければ整えられないまとめ髪、はっきりした目鼻立ち、一目で高級とわかるスーツ、バッグに装飾品。美容健康食品のモニターになれそうな肌にスタイルだが、たぶん五十代の半ばだろう。

彼女はわたしたちを見回し、命令するのに慣れた口調で言った。

「遺品整理はとりやめにします。全部、元に戻してください」

3

二週間後、暦は師走《しわす》に入り、平日開店の夕方五時には日が落ちて、寒々しい季節になった。

四時半に出勤して開店準備をした。店の中央にはクリスマス・ミステリ・コーナーを作って、小さなクリスマスツリーなど飾ってあった。平積みにしてあった、ジェフリー・ディーヴァーの『クリスマス・プレゼント』が売れ行き好調で、残り一冊になっていた。クリスティーやカーター・ディクスン、『サンドリンガム館の死体』や『にぎやかな眠り』、シャム猫ココのシリーズからもクリスマス・ミステリが顔をそろえている。

最初にコーナーを作ったときには、角川文庫から昭和五十年代に出た『クリスマス・ストーリー集』二巻があって、これは装丁がかわいくてコーナーの要になっていたのだが、その日のうちに二冊とも買われてしまった。『メグレ警視のクリスマス』やニコラス・ブレイクの『雪だるまの殺人』もだ。古本はおいそれとは補充がきかないから困る。

新刊の棚からクリスマスものや、プレゼントにむきそうな絵本を探して移動させたり、看板猫の首輪に赤と緑の飾りをつけるなど開店準備をしていると、真島進士が現れた。後宇多邸でわたしがパッキングした本を、また段ボール箱に詰めて軽トラックの荷台に積んでおり、その箱を二階のカフェへ運ぶのを手伝ってくれた。

富山店主はわたしが手ぶらで戻ってきたときには、真島とクライアントの悪口を言っていたものだが、そんなこと忘れたように大喜びだった。

「これなんか、最近あんまり見ないですよ」

パトリシア・モイーズの『沈んだ船員』を引っ張り出すと、にこにこした。

「モイーズは近頃読まれてないし、できれば特集をくみたいですね。おや、オースティン・フリーマンが何冊かある。『オシリスの眼』に『ダーブレイの秘密』、『猫目石』とそろってるな。ちょうどいい。年明けに、原書房や論創社、長崎出版あたりが出している新刊のフリーマンとか、マックス・アラン・コリンズが書いてるCSIのノベライズとか、検屍官《けんしかん》ものなんかとあわせて、科学捜査フェアをやりましょうか。ケイ・スカーペッタの新作も出たとこだし、法人類学ものとか、ありましたよね、カナダの……だれだっけ。テレビドラマの基になった」

「『リゾーリ&アイルズ』」

「あれはボストンが舞台でしょう。じゃなくて『ボーンズ』のほう。あー、キャシー・ライクスだ。テレビじゃワシントンDCが舞台だったけど、原作はモントリオールでね。原作があるのに、ノベライズも出てるんだよね。これがまたマックス・アラン・コリンズなんだけど。うちの店にも邦訳版があるはずだから、あとで探しといてください。これは大掛かりなフェアになるかもしれないな。いっそのこと、誰か呼んでトーク・イベントを企画しても面白い。けど、誰がいいかなあ。科学捜査の歴史に詳しい人間っていうと……」

ひとりで興奮する富山をほうっておいて、わたしはコーヒーを淹《い》れ、ひとつを真島に差し出した。

「あれからどうなったんですか。あの女性……後宇多時実さんだったんですよね」

まだ淹れたてだからコーヒーは美味しかった。真島は砂糖とミルクをどっさり入れて、すすった。

「どうもこうも、彼女ヒステリーを起こしてましてね」

あの後、彼女と話し合っていた真島に言われ、結局わたしは車から段ボール箱をおろしてそのまま立ち去ることとなったのだ。

「運び出した品物は全部元に戻せ、一センチも動かさずに元の場所に、ってまあ、むちゃくちゃでしたよ」

「なんでまた」

「あの日は後宇多啓介氏の四十九日だったんです。その日に渡すようにって、弁護士がことづかっていた遺言状を娘に渡したらしいんですけど。そこになにか書いてあったらしいんですよ」

他人事のように言っているが、おしゃべり遺品整理人の目は面白そうにきらきら輝いて見えた。

「なにかって、徳川埋蔵金《まいぞうきん》のありかを記した地図が遺品にまざってるよ、とかですか」

それくらいでなければ、後宇多時実のあの態度は許しがたい。真島は笑って、

「こけ猿の壺のありかかもしれませんけどね、ともかくいま、彼女が探しているのはこけしなんですよ」

本の査定《さてい》をしていた富山が電卓を叩く手を止めた。わたしもコーヒーにむせそうになった。後宇多時実は、父親が残した大量のこけしを真島に焼き捨てさせようとしていたのではなかったか。

「それってもしかして、黄金のこけしですか」

「あたらずといえども遠からずですね。蔵書のあった部屋に、古い大きなダイヤル式の金庫があったの、覚えてますか。どうやら後宇多啓介氏は遺言状で娘に、あの金庫の中身について伝えたようなんですが、金庫の開け方についての記述はなかった。それで、金庫のダイヤル番号がどこかに残されていないか、遺品整理を中断させて大騒ぎで探したけど、見つからない。そうしているうちに、時実が、そう言えば、昔、父がこけしを見せて、金庫の番号はこいつが知ってると言っていたのを思い出した、と」

「こけしにダイヤル番号をメモっておいたってことですか」

「俺だって詳しいことは知りませんけどね。問題のこけしは、二十年ほど前、啓介氏がどっかのこけしの産地に出向いたときに、かなりの金を払って作ってもらったものだそうです。ヘンテコな顔のこけしだけど、それを大切にしていたのは時実も覚えているんです。ただ、それが見つからない」

想像していた通り、後宇多親子の仲はかなり冷えきっていたようだ。世の中のたいていの人間は、なにか格別に急ぐ事情でもなければ、親の四十九日に遺品整理はしないだろう。それも、わざわざ業者を雇ったりはしない。

なのに遺品整理を中断してまで金庫を開けようとしているということは、よほどのお宝が金庫に眠っているのだろうか。

ともかく、お宝にたどり着くにはその「金庫のキーこけし」が必要だが、

「そのこけしがいま、どこにあるのか、娘さんにはわからないわけだ」

「そうなんです。それでですね。実は、後宇多家は福島に別荘を持ってまして、その家にもこけしのコレクションがあるそうなんです」

真島進士がiPadを開くと、後宇多啓介とおぼしき男が女性と仲睦《なかむつ》まじく寄り添ってソファに座っている写真が出てきた。啓介氏はまだ七十代になりたてといったところだろうか。女性は時実とは似ても似つかない柔和《にゅうわ》な、年齢相応に老けてみえる丸顔の持ち主だった。なんとなく、こけしと似ていないこともない。

ふたりの背後に棚があって、古い本がひと棚分と、こけしがたくさん……立錐《りっすい》の余地もないほどぎっしりと詰め込まれていた。

「啓介氏と、二度目の奥さんの品子《しなこ》さんですね。これは福島の別荘で撮ったものだろう、と時実は言ってます。二十年前に完成したとき一度だけ行ったそうですが、そのときと雰

囲気が変わっていないそうです。ここ、見てください」

真島は啓介の左側のコーヒーテーブルを拡大した。縮尺がよくわからないが、高さ二十センチくらいに見えるこけしがひとつ、載っていた。

頭の部分が黒丸で、胴体に細い黒いライン、太いピンクのライン、細い黒いライン二本、中太の赤のライン、細い黒一本、太め緑、細い黒二本、中細黄色、細い黒一本、最後は赤で下まで、という変わったストライプ模様になっている。ろくろを利用して引いた線なんだろうな、とこれは素人にもわかる。こけしといったら花模様、と思っていたがこんなシマシマこけしもあるのだ。さっぱりした目鼻立ちだし、なんだか垢抜けて見えた。

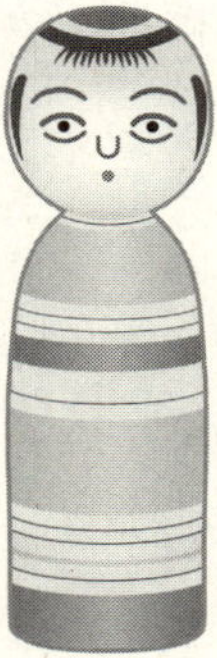

「ひょっとして、これが問題のこけしですか」

「間違いない、と時実は言ってます」

仮に金庫の番号がこれに記されていたとしても、この写真では見えなかった。もっとも、いくら拡大したってそんなに都合良く番号が見えてくる、なんてことはないだろう。科学捜査ドラマではそういったラッキーが頻発《ひんぱつ》しているが。

「それで、お願いがありまして」

真島は咳払いをした。

「葉村さん、別荘まで行って、このこけしをとってきてもらえませんか」

科学捜査ドラマの御都合主義について考えていたので、リアクションが遅れた。

「……は?」

「土橋さんから聞いたんですが、葉村さんって探偵だった——いや、いまでも探偵なんですよね。だったら、ものを探すのは得意ですよね」

「いえ、そんなこともないけど」

「実は後宇多時実から俺が頼まれて、引き受けたんだけど、明日は別の仕事があって、福島まで行ってるわけにもいかないんですよ。こけしそのものに価値はなくても、ものすごいお宝が眠っているかもしれない金庫を開けるキーになるとすれば、いいかげんな人間に頼むわけにもいかない。うちのバイトじゃ、心もとないんですよ。行ってきてもらえませんか」

真島にものすごい早口を浴びせられて、わたしは必死に断りの口実を探した。

「ですが、そのこけしがまだ別荘にある可能性は低いんじゃないですか。金庫のキーみたいに大切なものを、そんなところに置き去りにはしないでしょう」

「かもしれません。でも、調べたいと時実が言い出して、きかないんです。探偵が見てきてなかったとなれば、彼女もあきらめるでしょう。あ、もちろん、ただとは言いません。往復の交通費は払いますし、写真に写っていると思いますが、別荘にも古いミステリがあって、それは全部引き取ってくださって結構です。今日お持ちした本の分も含めて、引き取り料はいりません。いかがでしょう」

冗談じゃない、なにが悲しくてこけし追っかけて福島くんだりまで、と言いかけたとき、勝手に真島の iPad をいじっていた富山が言った。

「葉村くん、行ってさしあげなさい」

「はい？」

「行っていただけるんですか。そうですかそうですか。それは助かります。なんだったら、別荘に一泊してきてもいいですよ。ガスも電気も水道も使えるはずだそうだから」

真島はポケットから、こけしのキーホルダーのついたシリンダー錠の鍵を取り出し、ついでに財布から五万円を出して、テーブルに置いた。

「これだけあれば、交通費はたりますよね。おつりが出ても、返さなくていいです。よろしくお願いします」

「えっ、いやちょっと」

真島は頭を下げると、猛烈なスピードですたこら逃げ出した。わたしは富山に向き直った。

「この寒いのに、さらに寒い土地へこけし探しに行ってこいと？」

「いいじゃないですか。葉村さん、探偵を辞める気はないんでしょう？　それっぽい仕事は積極的に引き受けなくちゃ。うまくいけば、次の依頼が来るかもしれないじゃないですか。なんだったら、このままうちの書店を事務所代わりにしてくれたって、いいんですよ。依頼人の話は二階で聞けばいいんだし。普段は書店員、しかしてその実態は女探偵。あれ。いま思いついたんだけど、なかなか面白いかも」

ミステリ専門書店を事務所代わりに仕事をとる女探偵？　恥ずかしいわ。

「ほら。膨《ふく》れっ面《つら》してないで、行ってきてくださいよ」

「報酬がこの汚い本じゃ、盛り上がれません」

「なに言ってるんです。見てくださいよ」

富山は真島の iPad から、勝手に後宇多夫妻の写真を自分の端末に送っていたようで、夫妻の背後の本棚に並んでいる本の背表紙を拡大して、わたしに見せた。

「飛鳥高《あすかたかし》、楠田匡介《くすだきようすけ》、岡田鯱彦《おかだしやちひこ》、宮野叢子《みやのむらこ》……誰ですか」

「えっ、まさか知らないんですか。昭和三十年代に活躍した、黄金の日本ミステリ作家の皆さんですよ。なかなかリバイバルしないから、いまやネット古書店価格で一冊五万とか、八万とかします」

「そんなに？」

「特にここ、この本が気になるんだよな」

富山は、啓介氏の陰になっている本をさした。赤紫の背表紙が見え、上から『怪奇・X夫』というところまでが読める。

「これ、『X夫人の肖像』かもしれません。わいせつ物頒布《はんぷ》で発禁になりかけた、エログロミステリですよ。作者の名前、なんつったかな。他にもエロミステリを書いてるんだけど」

「へえ。面白いんですか」

「いや全然。しょうもないエロ小説ですよ。おまけに紙質も製本も悪くてすぐバラバラになるから、本の形で残っていないんです。だから高価になるわけで、市場に出したら二十万くらいつくかもしれないな」

「ほんとですか」

しょうもないエロ本に二十万。日本経済が世界一強い、なんて言い出す人間が現れるはずである。

「古書の値段なんてあってないようなものですから、実際にその価格で売れるかどうかはわかりませんが、めったに見ない珍本には違いない。これを見過ごす手はありません。ぜひ、行ってきてください」

富山の目が半ば血走っていた。こうなったら抵抗はムダだ。泣く子とマニアには勝てない。わたしはあきらめのため息をついた。

「そこまで言うなら、行ってきますけど」

「お願いします。これはひと財産です。売れればこれであなたのバイト代も出せます。ま、珍本といっても、もちろん私は全部持っておりますが」

持ってるんだ。

4

翌朝、東北新幹線に乗った。十二月の平日の午前中のことで、自由席に座れた。それでもビジネス利用に違いない、と思えるひとばかりで、能天気な観光客らしきグループは一組しかいなかった。しかし、その一組が破壊的だった。何度も通路を行き来し、大声で笑い、いろんな食べ物を配ってはまた怪鳥《けちょう》の雄叫びのような声を上げて、笑っている。

東京駅で買った〈幸福弁当〉を食べ終えると耳栓をして、ゆうべ自宅近くの古書店や新刊本屋で入手した、こけし関連本を広げた。古本のほうは伝統こけしのポケットガイドと銘《めい》打《う》たれていたが、中を見て驚いたことに、こけし作りの職人さん……こけし界では「工《こう》人《じん》」と呼ぶそうだが、その人たちについて、例えば、

「安藤《あんどう》一馬《かずま》　昭和二十五年十月九日生まれ　木地《きじ》業　住所・福島市土湯《つちゆ》温泉町大字XX字XX」

と始まって、系統、出身地、師匠に略歴、顔写真、作品こけしの写真、「正確なろくろ線には定評があるが、制作態度にムラがある。根強いファンを持つ。妻キヌが一馬の木地に描彩を施《ほどこ》し、好評である」などという評価に加えてなんと家系図まで載っている。個人情報保護法ができるよりはるか昔のガイドブックとはいえ、ここまで出版してしまうとは。

しかも、こけしなんて愛くるしいものを作っているのだから、さぞや穏やかな人々なんだろうと思ったのに、「こけしの工人伝説」は破天荒《はてんこう》なものが多い。飲む打つ買うで酒癖が悪く、ひとの女房にまで手を出したあげく、病気の後キリスト教に入信して洗礼まで受けた工人さんやら、八人目の奥さんに四男六女を作らせた工人さん、放蕩《ほうとう》のあげく家族を捨て、女と逃げた工人さんなどがいるそうな。

こけしの愛好家は、どうしてもこの工人さんのこけしが欲しいとなったら、現金書留を

送りつけるのはもとより、家まで押し掛けて行って拝み倒し、なかには踊りまで踊って機嫌をとって、なんとか作ってもらったらしい。まったく、こけし関連本を読めば読むほど、こけしマニアの世界は恐ろしいもののように思われた。

そもそも、こけしには、あまりいい思い出がない。小さい頃、祖父母の家に行くとこけしが暗がりに立って微笑んでいた。人形《ひとがた》のものが、暗がりにある……まず、子どもにはそれが怖い。

あれはなにかと尋ねると、子どものおもちゃだ、と祖母は言った。そこで暗がりから引っ張り出して廊下の隅に立て、反対側からボールを転がして倒し、つまりはボウリングのピン代わりにして遊んでいたら、祖父が飛んできて、

「こら、おもちゃにするんじゃない！」

などと、目の玉が飛び出るほど叱られた。子どものおもちゃのくせに子どもがおもちゃにしちゃいけないのか、となんだかものすごく割り切れない気持ちになったのを覚えている。

本によれば、こけしには戦前の昭和十年代と、戦後の昭和三十年以降の時期に二度のブームがあったらしい。このブームのおかげで、わたしは祖父母や両親の家で、こけしと接していたわけだ。そういえば、昭和の頃はどこの家にも武者小路実篤《むしやのこうじさねあつ》の印刷色紙とこけ

しがあったような気がする。

子どものおもちゃをおとなの収集家がとりあげてしまった、そうかい、だったらわたしには関係ないな、というのがこけしに対するわたしの基本スタンスだった。そういえば「こけし」は「子消し」だ、間引かれた子どもたちの身代わりだ、などというエピソードを聞かされたことがあった。この話はよくできたデマだったらしいが、そんなことはどうでもよかった。わたしはこけしに対してなんの関心もなかった。

最近になって、「祖父母の家の暗がりでこけしを見たことのない世代」がこけしの魅力に目覚め、第三次ブームが起きているそうだ。なんの先入観もなしに物事に接したほうが、本来の姿を素直に受け入れられるのかもしれない。

ところで、後宇多時実が探しているこけしは、土湯温泉で作ってもらった可能性が高い。こけしには鳴子《なるこ》、津軽《つがる》、南部《なんぶ》、作並《さくなみ》、肘折《ひじおり》など産地によって十一系統ある。頭にろくろで描いた黒丸の蛇《じゃ》の目があり、胴も同じくろくろでストライプの模様が引いてあって、胴体の中央がややふっくらしているのは土湯系と呼ばれるこけしの特徴らしい。

写真の「金庫のキーこけし」はこの条件にあう。ま、素人が見ただけだから、確証はないが。正直なところ、どこのこけしも大差ないようにわたしには見える。

ただ、後宇多家の別荘は土湯温泉にほど近い。こけし好きが高じてこけし産地のご近所に別荘を構えたのかもしれない。

こけしをひとつとってきてくれと頼まれただけなのに、行きの新幹線できっちり予習してしまう。我ながら小心《しょうしん》すぎるような気がして、本を閉じたらもう、福島駅だった。気象情報をチェックしたかぎりでは、東京西部と大差ない気温のはずが、ホームに降り立つとやはり風が冷たかった。

空腹ではなかったが、新幹線ホームの真下にある立ち食いそば屋の香りに負けてラジウムそばを食べた。温泉卵のことをこちらではラジウム玉子というらしい。その玉子ののったそばで温まり、宅配便のオフィスを探して中くらいの箱を四つ買うと、予約しておいたレンタカーで土湯温泉をめざした。『除染《じょせん》をしています』という作業看板を横目で見ながら福島の市街地を出て約三十分。土湯温泉の入口が見えてきた。別荘はそこからさらに山を奥に十分ほど入った場所だった。

少し迷ったが、車を温泉郷の駐車場につけた。水道もガスも電気も使えると真島は言っていたが、長年使っていないはずの別荘だ。信用はできない。本気で別荘に泊まる気はなかった。本をパッキングして、こけしをざっと探してみて、とっとと帰途につきたい、というのが本音である。それでも、こんな遠方まで来たのだ、多少の観光はしてみたい。こけしを勉強しておこうなどと、よけいなことを考えたせいで、妙な欲が出てきてしまった。

土湯温泉の街の中心を、荒川《あらかわ》の源流が流れていた。時折、硫黄《いおう》の臭いがふっと鼻をつく。その成分と化学反応を起こしているのか、川は美しい水色をしていた。

街のあちこちに、こけしが立っていた。看板からマンホール、こけしの首が提灯《ちょうちん》になっているものもあった。こけし工人の看板もいくつか見えたが、買う気もないのに店に入る勇気はなかった。外から眺めて歩いたが、だんだん体が冷えてきた。

目抜き通りにある喫茶店に入った。こけしの専門雑誌に「こけしに合うJAZZが流れ」ていると紹介された店だ。コーヒーを頼んで、店内を見回すと、壁面はすべてこけしで埋め尽くされ、確かにジャズも流れていた。はたして、このジャズがこけしに合っているのかどうか、わたしには判断できなかったが。

こけしはやはり土湯系が多く、赤と黄色のストライプのものが目についた。胴体に花を描いた愛らしいこけしもいいが、ストライプもきりっとして、なかなかいい。ただし、後宇多啓介氏の「金庫のキーこけし」と似たこけしはこの喫茶店には見当たらなかった。何色も使ったシマシマこけしならあるが、返し線が入っていたり、途中で花が描かれたりしている。

小さめのもので二千円前後の値段がついていた。完全ハンドメイドで、同じものがふたつとなく、しかも買いやすい価格ときている。いったん買い始めたら大変なことになるな、と思ったのに、棚の下のほうに、こけしの専門店の冊子があった。見てみると、ヴィンテージものの、たぶん名の知れたこけし工人のこけしに「最低落札価格八十万」の値がついていた。やはり、熱心なマニアがいる世界はすごい。好きな人はいくらでも金を出すのだろう。ミステリの古本とは桁《けた》が違う。こけしをどんど焼きにする前に、真島に教えてやろうと思った。

コーヒーは濃くておいしかった。遊びにきただけならどんなに楽しいだろうかと思いつつ、腰を上げて別荘に向かった。

別荘へ入る道には、入り損ねてカーナビに何度も叱られた。木立の中で、車が通っていい道にはとても見えず、通り過ぎてしまったのだ。ようやくこの獣道がそうなのかと気づいて、タイヤが枯れ草と石ころを踏みしめる、バリバリいう音を聞きながら奥へと進むと、不意に視界が開け、こぢんまりした山荘が姿を現した。

車を降りて近づくと、こぢんまりはしていても、なかなか贅《ぜい》をつくした建物だとわかった。鋲《びょう》を打った木製の分厚い扉、平屋建てで、壁は白、ところどころにタイル。極東の島国でプロヴァンス風と呼びそうな雰囲気の建物である。

鍵を開けて、中に入った。中の気温は外と大差なく、冷えきっていた。ただし、おかげで空気は淀《よど》んでいないように感じられた。それでも靴を脱いで上がり込むと、息苦しい。

とりあえず目についたかぎりの窓を開けて、空気を通した。北国の山の風が、部屋を一周して出て行った。

玄関を抜けてすぐ、広いリビングダイニングがあった。キッチンは小さめだったが眺望がすばらしく、窓の下に山が広がって見えた。リビングにはなるほど、あの写真と同じソファに同じ棚があった。棚にきちんとこけしが並び、その脇の一角に、ただのボロ本にしか見えないが、古くてお高いミステリがずらりと並んでいた。

今度は家中の窓を閉めて回った。閉め終わると、急に静かになり、家鳴りが聞こえてきた。

南仏プロヴァンス風の別荘とはいえ、築二十年の手入れの悪い家である。埃っぽいし、じめっとしてもいる。壁紙のあちこちに黒いカビがしみになって生息しているし、ソファからは古物特有の湿った臭いが立ち上っている。そのうえこけしだ古本だと、微妙に時代がついた収集品が家の中央を占拠しているのだ。

土湯温泉を出てから、対向車にすら出会わなかったな、と思い出した。

早く出よう。

大急ぎで車から箱を持ってきて組み立てた。ガムテープを貼って、本を箱詰めした。寒くて手がかじかんで、何度も本を落としそうになった。二十万、二十万、と何度も唱えながら作業した。なにしろ酸性紙《さんせいし》でできたもろい本である。うっかりしたとたんにバラバラになりそうだ。

すべての本を箱に詰め終えるまで、二十分とかからなかっただろう。三箱で少し空きが出たので、持ってきたこけしのガイドブックや、リビングにあった布切れなどを隙間に詰め、ガムテープで閉じて、車に運んだ。これを福島駅から送れば、わたしの仕事は完了だ。周囲は静かすぎる。家にいても落ち着かない。家鳴りがひどい。早く立ち去りたい。

おっと。

かんじんのこけしを忘れていた。わたしはリビングに取って返した。

来る途中で読んできたガイドその他の文献によれば、こけしは水気と日光に弱いらしい。だから暗がりに立っていたわけだが、この別荘のこけしも、重そうな木の棚におさめられていた。大きなものは奥に、小さなものは手前に。ピンクや黄色、緑のシマシマなんだから、すぐに目につきそうなものだが、ざっと見回したところ、「金庫こけし」は見当たらなかった。しかたがない。ひとつひとつ、取り出してみるしかないだろう。

壁一面の棚にぎっしり詰まったこけし。全部で何百体あるのやら。思わず、ため息をつきかけたが、十五体ばかりこけしを取り出したところで、思わぬことに気がついた。棚の裏側に空間がある。

てっきり壁に造りつけの棚とばかり思っていたのに、そうではなかったらしい。前から四列、こけしが並びその先は後ろを向いて、三列ほど並んでいるようだ。

キッチンの脇に細い通路を発見した。棚の裏側にはキングサイズのベッドがあって、寝ながら見られるように巨大なテレビもしつらえられていた。要するに、リビングをでかくて重そうな棚で仕切って小部屋を造り、寝室にしたらしい。

そのベッドを見下ろすようにして、こけしたちが並んでいた。

期待を込めて見回したが、やはり「金庫こけし」は見当たらない。しょうがない。こちらから探すことにして、とりあえず、何枚か写真を撮った。真島に送って、このとおり表面には見当たらないが、奥まで探しますとコメントをつけた。本当に探したのか、などと東京に帰ってから疑われたくない。探偵などをやっていると、自分に寄せられるであろうクレームを先読みする癖がついてしまう。友だちが少ないはずである。

とりあえず、幅三十センチ分のスペースを空けようと、こけしを一抱え、ベッドの上に放り出した。それから、こけしたちを横にずらしながら探して行った。似ているようで、同じ表情のこけしはない。ちょっとずつ目鼻立ちが違い、味わいが異なる。ぼうっとしているの、すましているの、夢見ているの、微笑んでいるの、いろいろだ。

ひとつひとつはかわいいが、あまりに多いとたじろいでしまう。こけしの目を見ずに、胴体だけをチェックした。それでも、見ても見ても終わらない。

眠気がさしてきた頃、機械的にこけしを見て、次のこけしを手に取ろうとして、我に返った。鮮やかなピンク色が視界に飛び込んできたのだ。

急いでスマホの写真と見比べてみた。

頭の部分が黒丸で、胴体に細い黒いライン、太いピンクのライン、細い黒いライン二本、中太の赤のライン、細い黒一本、太め緑、細い黒二本、中細黄色、細い黒一本、最後は赤で下まで……間違いない。「金庫こけし」と同じものだ。

まさか、本当にこの別荘にあるとは思わなかったが、とにかく、これで帰れる。動かしたこけしを元通りにすれば。荒らしたままでも、特に問題はないように思うが。誰も来ないんだし。

そのときまた、家鳴りがした。それも、ごく近くで。

長い間、無人になっていた古い家だから、家鳴りくらいしても不思議ではない、とわたしは自分に言い聞かせた。神経質になっているだけだ、なにしろ大勢のこけしがじっとこちらを見ているのだから。その視線の強さに、あらぬことを想像しているだけなのだ、と。

ため息をついて、棚に背を向けた。それがいけなかった。だいたい、長い間、ひとりで生きてきた女は、他のなにを信じなくとも、自分の神経だけは信じるべきだったのだ。

そう気づいたときには手遅れだった。家鳴りよりもはるかに大きな物音がして、振り返ったときには巨大な棚がこちらに向かって倒れてくるところだった。棚に並んでいたこけしたちが、愛らしく微笑みながら雪崩を打って降り注いできた――。

5

どれだけ気を失っていたのだろう。気がつくと、周囲は真っ暗だった。一瞬、パニックに陥《おちい》り、暴れかけた。指がなにかにぶつかって、激しく痛んだ。

それで我に返った。以前、暗闇に閉じ込められて以来、パニックには慣れている。慣れたからといって制御できるものでもないが、「自分がパニックを起こしかけている」ということは認識できるし、認識できれば、呼吸をゆっくり深くするように、自分自身に命令もできる。

なんとか呼吸を繰り返した。息が白いのがわかった。まだ、死んでない、そう思いながら、右のパンツのポケットを探った。お守り代わりに持ち歩いている小さな懐中電灯を点《つ》けた。小さな光の輪の中に、微笑むこけしの顔が浮かび上がった。光のおかげで自分でもおかしなくらい、呼吸が落ち着くのがわかった。

体の位置を変えて、仰向《あおむ》けになってみた。懐中電灯の光が、棚を通して天井に届いた。この暗さだと、すでに夜になっているのだろうか。そういえば寒かった。なにがあったのか、わからなかった。おそらく、棚が倒れてきて、とっさにわたしは身をかわそうとその場に倒れ込んだ。棚はベッドの上に斜めに倒れ、わたしはベッドと棚の隙間にもぐりこむかたちになり、大怪我をせずにすんだのだろう。頭痛はしたし、気絶していたのだから、まったくの無傷というわけではなさそうだが。特に痛む箇所に手で触れてみると、たんこぶができているようだ。あれだけの数のこけしが、いっせいに降り注いできたのだ。こぶくらいできる。

とにかく、ここから出ようと思い、体を棚の間に這い込ませた。ゆっくりと立ち上がる。こけしがばらばらとわたしの周囲に転げ落ちた。

這うようにして棚から離れ、リビングまで行って、ソファに倒れ込んだ。カビ臭いソファだったが、このときは天国の蓮《はす》の椅子よりはるかに居心地よく感じられた。

しばらくうずくまって、呼吸を整えた。喉が痛かった。体の震えがひどくなり、押さえられないほどがたがたと揺れて、最高潮に達したと思ったらおさまってきた。全身から痛みがちょっとずつ引いて、すべての感覚が落ち着いた、と思ったところで、顔をあげた。ソファにつっぷして眠りたいのはやまやまだったが、そんなことをしたら凍死してしまう。

立ち上がって、周囲を探した。壁に電気のスイッチがあった。押すと明かりが点いた。まぶしくて瞬きしながら、ゆっくりと周囲を見回した。

惨状、と言っていいだろう。巨大な棚が斜めに傾いて、中に飾られていたこけしが部屋中に転がっていた。ただし、家の中には棚以外にも家具があった。キッチンにはグラスやワインボトルなども並んでいた。しかし、倒れているのは棚だけだ。あれが地震のしわざなら、他にも倒れそうなものがいくらもあるのに。

誰かがやったのだ。

おかしなことに、周囲にひとけのない山の中にいることを、明るくなって初めて強く意識した。この家から出よう、と思った。立ち上がったとき、わたしはこけしを踏みつけて、仰向けに倒れそうになった。焦るとろくなことがない。このこけしたちをこのままにしていくのは気が引けるが……あ。

踏みつけたこけしは「金庫こけし」だった。倒れた騒ぎで、こんなところまで転がってきたのだ。拾い上げて、改めて全身を眺め回した。おや、と思った。番号の走り書きのようなものはない……。

念のため、もう一度写真と見比べた。どう見ても、わたしがとってこいと命じられたこけしだった。なにより顔が同じだ。ラインは同じように引けても、顔を同じにするのは不可能だろう。こけしの顔は女の子の顔と同じだ。ふたごのようによく似ていても、ひとつひとつ違っている。

なのに、番号らしきものはやっぱりない。一気に力が抜けて、貧血を起こしかけた。こんなところまでやってきて、わたしはいったいなにをやっているのか。

考えていると、おかしくなりそうだったので、こけしを持ち、玄関から出て鍵をかけ、車に入った。わたしを殺そうとしたのがどこのどいつかはしらないが、車に悪さはしていなかった。だからといって、感謝の言葉は期待しないでもらいたい。

エンジンをかけ、鍵をしっかりかけて、ヒーターを最強にして体を丸め、温まった。気絶から醒《さ》め、ここに落ち着くまでに放出されたアドレナリンのせいで、血中のブドウ糖ががた減りしているのがわかった。せっかく頭にめぐりかけた血が、引いて行くような感じがする。車に置いてあったバッグから飴を出して、三つ一度にほおばった。

糖分補給がすんで、深呼吸をした。車の時計は八時三十四分になっていた。別荘に入ったのが二時少し前くらいだったはずだから、作業にかかった時間を差し引いても六時間あまり意識がなかった計算になる。

レンタカーを返却する時刻をとうにすぎていた。とにかく、福島市内に戻ることに決めた。今はまだ、緊張していてとりあえず動けるが、この先どうなるかわからない。こんな山中でくたばったら、発見されるまで一週間はかかりそうだ。

ゆっくりと車を出した。


翌日のお昼前に、新幹線で東京に戻った。

車で福島市内に戻りかけたものの、途中でどうにも眠くなった。よく覚えていないのだが、どこかの空きスペースに車を突っ込んで、そのまま眠っていたらしい。気がつくとまぶしい光がわたしの顔を照らしていて、その光の向こう側に白い息を吐く制服警官の姿があった。誰かが通報したらしい。警官はわたしの顔を見て絶句し、救急車を呼んだ。病院で脳波だのCTだのとあれこれ調べられたが、幸い、深刻な怪我はなかった。それでも病院は一晩泊めてくれた。清潔なベッドで寝かせてもらえてありがたかったが、翌日、鏡を見て、納得がいった。こけしの頭突きを何十発も受けたわたしの顔は、ものすごいことになっていた。みんな、親切なはずだ。

退院手続きをとっていたら、ゆうべの警官が事情を聞きにやってきた。語尾が柔らかく上がる福島弁で、心配そうに、

「いったいなにがあったの？」

と聞かれると、夫がひどい暴力亭主で、とかなんとか言って泣き崩れたくなったが、そ

の代わりに真実を話した。友人の別荘の整理を頼まれて、作業中に棚が倒れてこけしの直撃を受けたんです。嘘ではない。真実だ。警官は別れ際にＤＶについてのパンフレットをくれた。

レンタカーは警察官が病院の駐車場まで運んでくれていた。のろのろと運転して、福島駅まで戻った。宅配便を出しに行き、車を返した。延滞金《えんたいきん》の説明をしながら、レンタカーの係員の腰は明らかに引けていた。顔に青タンがいくつもある女を見たら、誰でもそういう反応になるとは思うが、傷ついた。そんな状態で運転したのに事故を起こさずにえらかったね、とほめてほしかった。

東京駅には正午についた。怪我の後遺症でか、むやみとがっつりしたものが食べたくなったので、イノダコーヒでビフカツサンドを奢《おご》って、一時過ぎに〈MURDER BEAR BOOKSHOP〉に戻った。店の前には白いベンツが停まっていた。わたしが立ち止まると、運転席から後宇多時実が降りてきた。

「あんたが、葉村晶っていう探偵？」

時実はまたしても美しく髪を結い上げ、別荘にあったお高い古本二十冊分くらいの値段のニットスーツにカジュアルな毛皮を羽織っていた。どんなぼんくらにもわたくしがお金持ちだってわかるわよね、というのが本日のファッションテーマとみえる。彼女はわたしの顔を見てひるんだが、とげとげしい口調は変わらなかった。

「あのね、細かいことや面倒なことは、わたしも嫌いなの。ここに三十万あるから、今すぐ返してもらえない？」

突き出された銀行の封筒を、わたしはぽかんとして見た。

「どういうことでしょうか」

「そういう、つまんない会話、したくないの。時間のムダでしょ。あんたが進士と組んで金庫からアレを持ち出したのはわかってんの。ハンカチかなんかで声変えちゃったりして、犯罪者きどりたいならヴォイスチェンジャーくらい買えば？　言っとくけど、恐喝されたくらいであたしはビビんないわよ。こっちも穏便におさめようとしてんだから、理解しなさいよ」

病院の診断は間違いで、わたしの脳みそにはＣＴに写らないでっかい空洞でもあったのだろうか。なにを言われているのか、ひとつも理解できない。

茫然としていると、書店のドアが開いて、真島進士が飛び出してきた。真島はまず時実を怒鳴ろうとし、わたしの顔に気づき、なにを最初に言ったものか困惑したようで、あっ、とか、うっ、とかうめいて黙り込んでしまった。ご迷惑をおかけしているが、文句は棚を倒した人物に言ってほしい。

「なにがあったんですか」

責任をとって切り出すと、真島が大きく息をついた。

「ゆうべ、あの金庫が開けられたんだ」

「あの金庫って、後宇多邸にあったあの……？」

時実が鼻を鳴らした。

「しらじらしい。あんたたちがふたりで組んで、金庫を開けたんでしょ。そこの女探偵があのこけしを見つけて番号を東京にいる進士に知らせ、進士が開けて中身を盗んだのよ。他に考えようがないじゃない。こういうひからびた女をたらしこむの、進士の得意技だもんね」

「へえ、自分がひからびてるって認めるんだ」

真島は時実に顔を近づけて、せせら笑うように言った。時実が顔を赤くして、手にしたバッグを真島にぶつけた。

「なに言ってんのよ。泥棒。浮気者。金庫の中身を返しなさいよ」

「なにすんだ、ババア」

「なんですって、女の股に潜り込むしか能のないろくでなしが」

真っ昼間の住宅街、しかもここは公道なんですけどね、と言ってもふたりには聞こえないだろう。松葉杖をつきながら外階段を降りてきた富山に視線を投げた。富山は肩をすくめた。いまさら、驚きはしない。真島は後宇多家の内部事情にひどく詳しく、後宇多時実を「時実」と呼び捨てにしていた。

一回りは年下の真島と、金持ちの時実。遺品整理の仕事を真島にまわすくらいだから、多少は時実のほうに未練があるのかもしれない。それにしても、

「金庫が開けられて、中身が持ち出されて、それを買い取れと言われてるんですか」

ふたりの口論が痴話《ちわ》げんかに落ちかけたので、わたしは尋ねてみた。時実は真島を殴ろうとする手を止めて、こちらをにらみつけた。

「しらじらしい。出しなさいよ、金庫のこけし。福島で見つけたんでしょう。あんたでなきゃ、誰に金庫の開け方がわかるっていうのよ」

わたしはバッグから「金庫のこけし」を出して、時実に渡した。時実はこけしをつかみ、うわずったように叫んだ。

「これよ。見覚えがあるわ。間違いない、このこけしよ。どこ？　金庫の番号はどこに書いてあるの」

「書かれてません。どこにもね」

「そんなはずないじゃないの。このこけしに金庫の番号がなかったら、誰にも金庫は開け

られないはずよ。どういうこと？　番号を、あんたが真島に知らせた後で、消したわけ？」

科学捜査で調べれば、そんな痕跡《こんせき》などないことくらいすぐに証明されるだろうから、わたしは黙っていた。そもそも、そんな面倒なことをする理由がないのは時実にもわかったようだった。彼女は不機嫌そうにストライプのこけしを弄《もてあそ》んだ。

「金庫破りじゃないですか」

背後で富山がのんびりと言った。

「無人の家、開け方がわからないが遺族がやっきになって開けたがっている古い金庫、とくれば、金目のお宝を狙って泥棒が吸い寄せられてくるのは当然ですよ。どんな金庫だって人間が作ったんだ。プロなら解錠《かいじょう》できるでしょう。警察に通報すべきでしたね」

「だって」

時実は顔をゆがめた。

「それはできないし、だけど、いくらなんでも三千万なんて冗談じゃないわよ」

「三千万？　そんな大金を恐喝されてるのか」

真島が打って変わって心配そうに言った。時実の視線が泳いだ。

「ほんとにあんたたちじゃないの？　本物の金庫破りが入ったって言うの？」

時実の唇が、どうしよう、と動くのが見えた。彼女はよろよろとその場に座り込んだ。そのとき初めて、周囲の家の窓が開いて、自分たちがいい見世物になっていることに気づいたらしい。真島が時実を支え、わたしたちは店に入った。

別荘で起こったことを、あらためて報告した。真島は首を傾《かし》げた。

「ということは、ゆうべ、金庫を開けて、中身を本職の金庫破りが盗んで時実を脅してきたか、または……」

「または、のほうでしょうね」

わたしは言った。富山が言う通り、金庫破りが無人のお屋敷に狙いをつけ、たまたまゆうべお盗《つと》めをした、という偶然ならありうるかもしれない。しかし、棚をひっくり返してわたしを殺しかける――殺意があったかどうかはわからないが――という珍事までが、同時に起こるとは思えなかった。

「あんたたちでもプロでもないなら、誰に金庫の番号がわかったっていうの？　父はこのこけしが金庫の番号を知ってるって言ったけど、どこに書いてあるのよ」

「首がはずれるんじゃないですか」

富山が言った。時実はこけしの首をつかんで、乱暴にまわそうとした。こけしの首がぎゆぎゆっと鳴いた。

「それははずれませんよ」

わたしは慌てて止めた。

「土湯系のこけしは、一体型ではなくはめ込み式なんですが、摩擦熱を利用して首をはめるんだそうです。いったんはめたらまず抜けないし、そんなところにメモを入れるわけにもいかないでしょう」

「だったら、いったいどこに金庫の開け方が書いてあるわけ？」

時実がヒステリックな声をあげた。真島が言った。

「いまさらどうでもいいじゃないか。もう、金庫は開けられて中身が持ち出された後なんだからさ。ていうか、三千万で買い戻せと言ってくるなんて、金庫の中身はどんなお宝だったんだよ」

「お宝？　冗談じゃない。あんな原稿がお宝なもんですか」

言ってしまって、時実は口を押さえた。富山が身を乗り出してきた。

「原稿？　後宇多啓介氏は小説でも書いてらしたんですか。ずいぶん古いミステリをお持ちだったようですが、もしや、ミステリの原稿とか」

「あんなくだらないものが、小説と呼べるならね」

時実はやけになったように、わめいた。

「考えただけで、汚らわしい。昔、若い頃に、発禁になりかけるような、気持ちの悪い話を書いてたんですよ。とっくに燃やしたと思ってたのに、後生《ごしょう》大事に金庫にしまってたなんて。しかも、遺言状でわたしに残すだなんて。みっともない。さっさと取り出して、燃やすつもりだったのに」

「『X夫人の肖像』」

富山が突然、大声を出した。

「あんな本、よく持ってたなと思ったら、まさか、後宇多啓介氏は『X夫人の肖像』をお書きになった、ミステリ作家の……？」

「忘れてよ」

時実はつけつけと言った。

「末代までの恥さらしなんだから。作家だなんて、ただのはた迷惑な道楽。あたしに子どもがいなくてよかった。あなたのおじいさんはエロ小説書いてたのよ、なんて言えるわけないじゃない。ああ、ムカつく。いったいどこのどいつよ、あんな原稿持ち出して、後宇多家を強請《ゆす》ろうなんて思いついたのは」

「お尋ねしたいんですが」

わたしは時実に訊いた。

「あの別荘の管理はどなたがなさってたんですか。五年前にお父様の再婚相手が亡くなり、三年前にお父様が寝たきりになった。あなたも別荘には行っていませんよね。そのわりに家はきれいでした」

というよりも、こけしがきちんと立っていた。大きな地震が頻発したこの数年、誰かが直さなければ、福島の別荘のこけしは倒れたままだったはずだ。倒れたこけしを元通りに並べ直した人間がいたのだ。

時実はしぶしぶ答えてくれた。それで、すべてがわかった。

6

後宇多時実に「原稿窃盗犯」から再度連絡が入ったのは、その日の夕方だった。時実のベンツで、待ち合わせの井の頭公園に向かった。弁天堂の脇に立ち、指定された赤い紙袋を持って待っていると、やがて影が差した。影は、わたしに気づくと足を止め、しわがれた声で言った。

「なんだ、おまえは」

「後宇多家の代理です」

影はしきりと周囲をうかがっていたが、警官隊が張り込んでいるわけではないと納得がいったらしく、嵩《かさ》にかかって言った。

「金はちゃんと用意できたのか」

「用意してますよ、三十万。原稿と引き換えに差し上げます」

「なんだと、バカにしてるのか。三千万と言ったはずだ」

「三十万です、安藤一馬さん。それ以上、要求するなら、こちらは警察に駆け込みます」

影は……安藤一馬は立ちすくんだ。

「なぜ、俺だとわかった？　時実とは、ほとんど会ったこともないはずだが」

「金庫の開け方を知っているこけし、作ったのは安藤さんですよね」

わたしは言った。

「こけしに数字を書き込んだわけではないのなら、別の形で数字を表したんじゃないか、そう考えてみたとき、黒い線が気になりました。一本、二本、一本、二本、一本と交互に五回。例えば、一本が右、二本が左を表していて、間の色目の幅の太さで数を表現してみた、なんていうのはどうだろうかと思いつきました」

ミステリを道楽にしていた人間なら、その程度のおふざけは考えつくだろう。

「計ってみたら、ピンクが七十二ミリ、赤が三十七ミリ、緑が九十四ミリ、黄色が九ミリ、最後の赤が六十四ミリでした。そこで、試してみたんです。後宇多邸の金庫のダイヤルを右に七十二、左に三十七、右に九十四と回していったら……ちゃんと開きましたよ」

安藤一馬は鼻で笑った。

「質問の答えになってないな。なぜ、俺だとわかった？」

「金庫の番号をこけしの縞の幅で表現したのなら、当然、その注文を受けた工人も金庫の番号を知っていることになります。こけしなしで金庫を開けられるわけです。後宇多啓介さんが自分で作った可能性も考えてみましたが、正確なろくろ線を素人が引くのは不可能でしょう。そこで、後宇多啓介氏の二度目の奥さんは、こけし工人の妹だ、という話を思い出しました。わたしが調べたかぎりでは、工人さんにこけしの注文をするときにこけしのデザインまで指定する例は聞いたことがない。大きさはともかく、どんなこけしを作るかは、工人さんの心次第というのが常識でしょう。にもかかわらず、わがままなオーダーメイドを受け入れたとすれば、よほど近しくて、よほど断れない相手だったんじゃないか、と思ったわけです」

「あの別荘は、父が再婚相手のために建てたのよ」

別荘の管理を誰がしていたのか、というわたしの質問に、時実は仏頂面で答えたものだった。

「再婚相手は、土湯の近くでこけしを作っていた工人の妹で、再婚するよりずっと以前、まだ母が生きていた頃からのつきあいだったのよ。ていうか、まず父がつきあったのは再婚したひとの姉だったらしいんだけど」

うわ。

「当時あたしも二十歳すぎてたから」

時実は淡々と言った。

「死んだ母に愚痴を聞かされて、そこらへんの事情には、嫌でも詳しくなってたわ。父はある工人の作るこけしにご執心で、でもそのひとはかなり頑固で職人かたぎで、作れと命じられれば命じられるほど、へそを曲げてしまったとか。それで父は工人の上の妹と関係を持った。こけしを手に入れるために……母はそう言ってた」

夫に背《そむ》かれた母親は、そう思いたかっただけかもしれない。時実は暗にそう言っていた。

「でも、その姉というひとは、じきに幼なじみの男と首つり心中してしまい、父は次にその妹に手をつけたわけ。おまけにその頃、その工人がバクチでかなりの借金を作ってた。父は借金を肩代わりし、工人にこけしを作らせた」

おまけに妹を愛人にして、妻亡き後は後妻《ごさい》にした。時実が父親と距離を置いていたのもうなずける。

「それじゃ、福島の別荘の管理をしていたのは、その、お父様の義兄にあたる、工人の方ですか」

「そう。安藤一馬っていうの。ちょっと待って。まさか、あのオヤジが？　父が死んだ後、自分たちにも相続の権利があるんじゃないかとか、わけわかんないこと言ってきてたけど、まさか……」

そこまで聞けば、誰が犯人かわかったようなものだ。おまけに、安藤一馬という名前には覚えがあった。古本と一緒に送ってしまったこけしのガイドブックに、その工人の名前が載っていた。

安藤一馬はこわばった顔でわたしを見た。

「後宇多のやつは、俺に借りがあるんだ。俺が金に困っているのにつけこんで、あんな暗号みたいなこけしを特注してきた。しかも金庫の鍵だとよ。くだらない思いつきを自慢たらたら説明して、俺が感心するのが当然だって気で。妹との結婚を許してやったときも、当たり前みたいな顔してやがった」

興奮のあまり警戒心をなくしたらしく、一馬はこちらに詰め寄ってきた。

「金持ちったって、別にあいつが偉かったわけじゃない。先祖の持ってた土地が、たまたま金になったってだけだ。その金を使うのはあいつの勝手だがね。うちの近所にたいして使いもしない物置みたいな、それでいて豪勢な別荘建てたり、金に飽《あ》かしてこけし買い集めて、見せびらかして。そのくせ長い間、あの別荘の世話してやってたうちの女房には、ご苦労様でもなけりゃ、管理費も払いやしない。自分の好きなもんには湯水のように金を使い、自分たちのために他人が動くのはタダだと思い込んでやがる」

「そりゃ、頭に来たでしょうね」

わたしがせいぜい優しく言うと、安藤一馬は臭い息を吐いて、喉の奥で嗤った。

「ああ、腹が立ったさ。だから、くたばりかけて寝たきりになってるあいつに、文句言いにきたんだ。けどよ。その日のうちに後宇多が死んだのは、俺のせいじゃねえや」

家政婦が出かけている間に、家に出入りしているところを目撃された人間は、安藤一馬だったのか。

「後宇多啓介氏と、金庫こけしの話でもしたんですか」

「さあな。なにを話したのか、忘れたよ。昔話はした。昔、金庫の鍵だとか言って、妙なこけしを作らされた、恨み言は言ったかもな」

安藤一馬はにやりとした。

「それで、後宇多啓介氏は不安になったんですね。あなたが金庫を開けてしまうんじゃないか、と。それで、あなたにあのこけしをとられまいと、不自由な体を押して、こけし部屋に金庫こけしを探しに行き、倒れた」

ことによると、後宇多啓介の目の前から、安藤一馬が金庫こけしを奪ったのかもしれない。後宇多啓介が死んだのも、その衝撃によるものかもしれない。ただ、安藤一馬も後宇多啓介を殺すつもりはなかったから、こけしを持ってその場を逃げ去ったのだろう。奪ったこけしを土湯の別荘に置いておいたのは、後宇多家に「戻して」おくことで、後宇多啓介の死亡と、金庫こけしならびに自分自身との関連を、誰にも気づかせないようにするためだった、と考えるとつじつまが合う。

ところが、昨日、わたしが別荘に現れた。後宇多時実が福島の別荘にひとを派遣するほど金庫を開けたがっている。そのことを知った安藤一馬は、苦い記憶の中の数字を思い出し、後宇多邸に入り込んで、金庫を開けた。

「金庫の中に、なにが入ってると思ったんですか」

わたしは訊いた。

「お金ですか」

「後宇多は俺らに借りがあるんだ。どうせ大金持ちなんだ、三千万くらいいただいたって、罰はあたらねえだろ」

ところが、金庫の中にあったのは安藤一馬の期待した金ではなく、原稿だったというわけだ。

「おしゃべりはそれくらいにして、さっさと金をよこせよ」

安藤一馬はイライラと言った。

「でなきゃ、このいやらしい原稿、誰が書いたのか世間様に公表するぞ、こら。こんな汚い字のやつなんか、他にはいないだろう。筆跡鑑定で後宇多啓介がエロオヤジだってこと、証明できるんだ。三千万だ、三千万。負けるつもりなんか、ないからな」

一馬の唾《つば》が、公園に飛び散った。

安藤一馬のプライドを、後宇多啓介が踏みにじっていたのは間違いないのだろう。とはいえ、その代価を自分で三千万と決めて、強請《ゆすり》にかかったところで、同情はできなくなった。

「三十万です」

わたしは言った。

「それが嫌なら、こちらも警察に行きます。窃盗、不法侵入、脅迫に恐喝。全部あわせれば、実刑がつきます」

「なんだと、女の分際《ぶんざい》で偉そうに」

安藤一馬は気短《きみじか》に手を挙げた。ひやりとした。年はとっているが、長年働いてきて、頑丈そうな腕だった。

「殴ったら、傷害罪も追加できます。それに、奥さんのこともありますしね」

一馬は顔を歪めて、一歩下がった。

「女房？　女房はおまえ、なにも関係ないだろう」

「福島の別荘の世話をしていたのは奥さんだと、さっきそうおっしゃいましたよね」

だとすると、わたしにむかって棚を倒したのは安藤一馬の妻ということになる。ガイドブックになんと書いてあったか……キヌ、だったか。

安藤キヌは一馬と後宇多啓介の死との関わりについて、おそらく知っていた。そこへ、わたしがやってきて別荘に入り込んだ。こっそり見守っていると、わたしが「金庫こけし」を見つけて手にしている。放っておいたら、どうなるかわからない……狼狽《ろうばい》して、思わず棚を押してしまった。

あるいは、棚が倒れたのは事故だったのかもしれない。それでももし、この考えがあたっているなら、安藤キヌを傷害罪に問うことはできる。ひょっとすると、殺人未遂罪にも。救護義務を怠《おこた》って、逃げたわけだから。

そこは口にしたくはなかった。安藤一馬はぼそぼそと言った。

「女房は……悪いことのできる女じゃないんだ」

「そうですか」

「我慢強くて、文句も言わずに後宇多の別荘の掃除もしてやってたんだ。あちこち体も悪いのに」

「そうですか」

「ちょっと、慌てちまっただけなんだよ」

「そうでしょうね」

一馬は歯を食いしばって黙っていたが、やがてため息をつき、わたしに持っていた封筒を押し付けると、紙袋をひったくって行った。


福島から宅配便で届いた黄金の三十年代のミステリ作家の本が、富山の値つけを経て、店頭に並んだのはクリスマスもすぎてからだった。何冊かの問い合わせを受け、何冊かは実際に売れて、わたしのバイト代になった。世の中に、物好きは数多い。

あの日、公園を出て、原稿を返してから後宇多時実とは会っていない。ただし、武蔵野市のローカル・ゴシップ・サイトを眺めていたら、来年の市長選挙に時実が出馬する、という噂が載っていた。あくまでも噂だが。ま、政治家をめざすなら、父親の肩書きがエロミステリ作家である、という事実を隠したかった理由もわかる。

「別に、気にすることなかったんじゃないですかねえ。平成になって四半世紀ですよ」

後になって、富山はそう言った。

「別に、本当に発禁くらったわけじゃなし、『後宇多啓介はエロミステリ作家でした、それがなにか』って、けろっと認めてしまえばよかったんですよ。そうすりゃ、誰もそれ以上突っ込みませんって。だって後宇多啓介にとって、ミステリを書くのは、金持ちの道楽だったんですよ。あれだけのものを読んでいたひとなんだから、後宇多啓介も自分で自分の作品のできばえがわかっていたはずです。それでも書かずにはいられなかった。よっぽど好きだったんですよ、ミステリを書くのが。あるいは……金庫のなかの原稿は発表こそできなかったものの、長年捨てられず、処分を娘に任せるほどの傑作だったのかも」

うわ、もったいない、惜しいことをした、と富山はわたしが時実に原稿を返したことを、繰り返し愚痴っていた。

それはない。わたしには断言できる。

安藤一馬が立ち去った後、弁天堂《べんてんどう》近くのベンチに腰を下ろし、懐中電灯の明かりを頼りに大急ぎで原稿に目を通したからだ。好奇心がなければ、二十年近くも探偵などやりはしない。

字も汚かったが、ひどい文章だった。ヘタクソな小説で、視点もばらばら。いまさらこれを出版しようなんて誰も思わないだろう。ありていに言ってゴミだ。

だが、目を通し終えると、わたしはあの不愉快な老人、安藤一馬が気の毒になり、後宇多時実に原稿を返すのをためらった。

自分を裏切った愛人を、その妹の手を借りて首吊り心中に見せかけて殺した男の話……後宇多啓介の金庫に入っていた原稿は、そういう内容だった。

# 単行本あとがき

昨年（二〇一三年）、『宝石　ザ ミステリー2』に掲載された短編「暗い越流」が、日本推理作家協会賞〈短編部門〉を受賞した。実にめでたい。嬉しい。なによりありがたかったのは、他ならぬ光文社発行の雑誌掲載作品だったことだ。これまで、怠け者でろくに仕事もせずにいた若竹に、懲りずに焼肉を奢り続け、仕事の依頼をし続けてくれていた奇特な出版社、それが光文社だったからだ。

受賞後、さっそくこの「暗い越流」単行本化計画が持ち上がった。もちろん、若竹に否やはない。光文社の焼肉部隊の皆様へ、多少なりともご恩返しができるとあれば、前年比の倍は働こう、と心に決めた。その前年、若竹の仕事量は「暗い越流」ほぼ一本だけ、という事実も決意を固めるのにおおいに役立った。

とはいえ、なにしろ怠け者である。短編集を作ろうにも、先立つ短編がない。まったくないわけではなかったが、短編集にするとなると、どうも統一性に欠ける。

特に、「信じたければ～殺人熊書店の事件簿1～」という問題の短編があった。ご存知かどうか、かつて、吉祥寺に〈TRICK+TRAP〉という伝説のミステリ専門書店が存在した。この店は若竹の大恩人、東京創元社の編集者だった戸川安宣氏が仕切っていて、気がつくと若竹はオリジナル短編を私家版で出し、この店に置くことになっていた。で、吉祥寺のミステリ専門書店を舞台にした短編を書き、夫とふたりでキンコースにコピーを取りに行って、夜なべして折って、表紙をつけてホチキスで製本する、という地道な作業で五十部を作り上げ、〈TRICK+TRAP〉で売りさばいたのである。

この短編を載せちゃおうか。なにしろ、読んだのはこの世に五十人程度しかいない。でも、せっかく五十人しか知らないものは、そのままのほうが面白いかも。けど、この設定、けっこう好きなんだよな。どうしよう。

悩んだあげく、設定だけ生かして、続編を書くことにした。それが五番目の作品「道楽者の金庫」である。これを読んで、なんだこの〈MURDER BEAR BOOKSHOP〉って。と思った皆様、そういうことなのです。

最後になりましたが、Special Thanks を光文社の皆様、特に、焼肉部隊の貴島潤氏、小林晃啓氏、藤野哲雄氏に。本当にありがとうございました。これからもよろしくお願いします。それと家庭内鬼編集者こと夫・小山正に感謝します。いつもダメ出しありがとう。

# 解説

近藤史恵《こんどうふみえ》
（作　家）

残酷な小説が好きだ。

と、言っても身体が真っ二つにされたり、血がどばどば流れたり、腕がちぎれて飛んでいったりするような小説ではない。いや、そういうものも別に嫌いではない。若い頃は全然駄目だったが、すっかりスレたエンタメ消費者になった今では、昔なら目を背けてしまったようなスプラッタ描写も普通に楽しめる。だが、今回はそれとは別の話だ。

本を読んでいるときに、どこかで、「なるべく穏便《おんびん》に事をすませてもらえないか」と思っているわたしがいる。その「穏便に」という気持ちに応えてくれる、優しい小説も悪くない。疲れ切ったときや、旅先でのんびりしているときに読むのはそういう小説がいい。

だが、一方でそれが裏切られることにも喜びを感じる。「穏便にすませてもらいたい」と思っていたのに、事件は考えもしなかったような展開を見せる。読みながら、血圧は上がり、どんよりと落ち込み、本を閉じた後もずっとその小説がぬるぬるとまとわりついてくるような気持ちになる。

読書好きなら理解してもらえるだろうが、それも圧倒的な喜びなのだ。結末がショッキングだというだけのことではない。

これまでの価値観をひっくり返され、自分の中にある偏見を突きつけられる。上手《うま》い小説にはその力がある。

こちらもそれなりにすれっからしの読書好きだ。

過去に読んだ本や、見た映画から、いろんな物語のパターンを覚えているし、読み始めから「だいたいこんな話だな」という想像をする。つまり、守りは堅い。簡単に驚かされるものかと、防御の構えを取っている。

だからこそ、それをかいくぐって、見事に急所を突かれたときに喜びを感じる。「敵ながらあっぱれ」である。いや、敵ではないんだけど。

絶対に予想が付くものしか読みたくないという人でなければ、この喜びには覚えがあるだろう。

そして、本編を読み終えて、解説を読んでいる方なら頷《うなず》いてくれるだろうが、この『暗い越流』はそういう本である。

若竹七海さんの本をはじめて手に取ったのは、デビュー作の『ぼくのミステリな日常』だった。もう二十五年も前のことなのに、その本の手触りまではっきり覚えているような気がするのは、当時のわたしが、現実にうんざりしていたからだ。

大学を卒業したはいいが、就職した会社は今で言う「ブラック」というやつで、夢も希望もぺしゃんこに潰されてしまっていた。休みのシフトはいつもなかなか教えてもらえず、好きな芝居のチケットさえ取れなかった。当時、会社の近くの喫茶店で本を読むことだけがわたしの楽しみだった。拘束時間が長かった分、休憩時間も長く、国内ミステリなら一日一冊くらいは読むことができた。

読みながら、うらやましいと思った。

登場人物のどこか軽やかな若竹七海さんも、そして著者の若竹さんも。わたしよりも少し年上なだけなのに、こんなに素敵なミステリを書いて、それが本になって。当時のわたしはまだちゃんと小説を書いていなかったのだが、若竹七海さんだけではなく、澤木喬《さわききょう》さんなど、当時、東京創元社から本を出されていた方に、背中を押されたような思いがある。

わたしはとっちらかった本読みだし、最近は特にあまり読書時間が取れないこともあり、好きな作家の新刊でも毎回手を出すわけではないのだが、今回、調べてみたら、若竹さんの既刊は、ほとんど読んでいた。

葉村晶《はむらあきら》のシリーズは、不安定な仕事をしている、不器用な独身女として共感せずにはいられないし、一緒に年齢を重ねてきたような親近感も覚える。

コージーミステリ好きとしては葉崎《はざき》市シリーズもたまらない。身構えないで、ソファに寝転がりながら読めるようで、油断してると、指先を針で突かれるような痛みがある。

船が好きなので、『船上にて』とか『海神《ネプチューン》の晩餐』とか『名探偵は密航中』とか、船上ミステリのあれこれも好き、とか、『火天風神』は怖かったなあ、パニックものの傑作だよね、とかいろいろ語りたくなってしまうのである。

とはいうものの、今回は『暗い越流』の解説なので、他の作品に言及するのはこのくらいにしておこう。

若竹さんと言えば、短編の名手というイメージが強いと思うし、頭のどこかで「上手くて当然」みたいな気持ちもあるのだが、改めて丁寧に読んでみると、やはり上手さに圧倒される。もし、これを読んでいる人の中で、小説を書いている人、書きたいと思っている人がいたら、ぜひとも読み終わった後、即座にもう一度読んでみることをおすすめしたい。絶対に一度目には気づかなかった伏線に気づくから。

収録作品の中では、「蝿男」と「道楽者の金庫」が葉村晶ものであり、表題作を含む残りの三作がノンシリーズの短編になるが、その二種類の上手さはまた少し違う。

キャラクターシリーズものには、読者との契約というか、暗黙の了解があると思っている。シリーズキャラクターは死なず、これまでの作品と相反するような行動を取ることはない（例外もある）。その範囲の中で、読者はどこか安心しながら、作者の筆の上手さに酔いしれることができる。

読者とのフェアプレイを重んじる本格ミステリというジャンルで、シリーズ探偵が愛される理由もよくわかる。

一方で、ノンシリーズの短編には、シリーズものとは違う容赦のなさがある。のんびりとフィクションを楽しんでいたかと思うと、いきなり目の前に刃を突きつけられているような気分にさせられる。

表題作の「暗い越流」は、死刑囚へのファンレターから、決して死ねない男という話につながっていく序盤だけでもぐいぐい引き込まれるのに、そこから思いもかけない結末まで一気に連れて行かれる。まさに越流だ。

個人的には、死刑囚に関するある情報が、前半とラスト近くではまったく違う感情を呼び起こすあたりが好みである。まさに、こういう小説が、読者の喉元に刃を突きつけるような小説なのだと思う。

「幸せの家」は、「暮らしていくこと」に焦点を当てたところが好きだ。生きていくことは、絶え間なく、ひたひたと押し寄せてくる日々の生活になんとか耐えしのいだり、そこに喜びを見出したりすることだけれど、古いタイプの小説の場合、それは母親か妻がすべて快適に整えてくれたり、どうでもいいことだと忘れ去られていたりする。だが洗濯物は勝手にきれいにならないし、家は少しずつ傷《いた》んでいく。日々、暮らしていくことは、人間関係や仕事と同じくらい重要で、そしてうんざりすることだ。

その「うんざり」と「重要さ」と「欺瞞《ぎまん》」が見事なバランスで混じり合っている。「狂酔」はひとりの男性の自己紹介からはじまり、そこから一人称で少しずつ情報が開示されていく。なにが過去に起こったのか、そして今、どんな状況なのか、この先になにが起こるのか。

この小説の中で流れている時間、語り手が話し続けている時間の中では、ほぼなにも起こっていないのに等しい。なのに読者は時間をさかのぼり、恐るべき事件を知る。

まさに、小説ならではのおもしろさだ。

そして、ここでも、衝撃的な事件そのものではなく、作者の目は別の罪をあぶり出す。その容赦のなさにはほれぼれしてしまうほどだ。

冒頭に言ったように、わたしは残酷なフィクションを愛している。

それは別にドMだからとか、性格が悪いからとか、そういう単純な理由ではない（と、思う）。

それはたぶん、作者の洞察力や想像力を借りるようなものなのだと思う。そういう小説を読む前と、読み終えた後で、見える世界が変わっている。本を閉じた後も、ぬるぬるとまとわりつくような小説は、わたしを遠くまで連れて行ってくれる。

これからも若竹さんのそういう小説が読みたいなあ、と一読者として願っている。

もちろん、ときどきコージーなものも。

○初出
蝿男　「メフィスト　2009 VOL.1」（二〇〇九年四月）
暗い越流　「宝石　ザ　ミステリー2」（二〇一二年十二月）
幸せの家　「宝石　ザ　ミステリー3」（二〇一三年十二月）
狂酔　書下ろし
道楽者の金庫　書下ろし

二〇一四年三月　光文社刊

光文社文庫

暗《くら》い越《えつ》流《りゅう》
著者　若《わか》竹《たけ》七《なな》海《み》

2016年10月20日　初版1刷発行
2020年8月25日　7刷発行

発行者　鈴木広和
印刷　堀内印刷
製本　榎本製本

発行所　株式会社　光文社
〒112-8011　東京都文京区音羽1-16-6
電話(03)5395-8149　編集部
8116　書籍販売部
8125　業務部


ISBN978-4-334-77361-8　Printed in Japan



組版　萩原印刷